TRAVESÍAS MÁGICAS

Rose Marie Tapia R.

ISBN: 9789962812111

P. 863
T172 Tapia Rodríguez, Rose Marie

Portada: Víctor Ramos
Fotografía: Kevin Reimer

Dedicatoria

Para Raulito, el más pequeño de mis sobrinos, el ser más amoroso y tierno que he conocido. A esa criatura de mirada cálida y gestos espontáneos le dedico esta novela. Su compañía es para mí el mejor de los regalos, un verdadero tesoro, ya que, me hace experimentar ese sentido de maravilla que le dan los niños a la vida cotidiana. Los momentos que comparto con él los considero una fiesta porque están llenos de alegría, autenticidad y de sorpresas.

CAPÍTULO 1

Esa mañana, como todos los sábados, Rosa Elena se vestía apresurada para visitar a su querido sobrino. Se esmeraba en su arreglo y buscó un atuendo elegante, pues Raulito era un niño observador y le gustaba que ella se vistiera bonita. Él siempre la esperaba con los brazos abiertos, era su tía preferida y jugaba con él como si fuera de su misma edad. No cometía el error de explicarle las cosas varias veces. La gente adulta lo aburría con las repeticiones. Podía comprender con facilidad desde un comienzo muchas cosas. Esa mañana, en especial Rosa Elena observó que Raulito estaba triste. Se acercó a él, lo besó tiernamente y le preguntó.

—¿Por qué estás tan alicaído, amor de mi vida?

—¡Me siento solo y no tengo con quién jugar!

—¿No tienes amiguitos?

—Sí, tengo amigos en la escuela, pero ninguno sale de su casa. Todos están igual que yo. Encerrados.

La tristeza se apoderó de Rosa Elena, quien comprendía a su sobrino. De niña experimentó en carne propia el aislamiento y la clausura; además, conocía el sabor amargo de la soledad. A pesar de tener cinco hermanos, ella por su condición de salud vivió aislada. Sin embargo, tenía un amigo imaginario y fueron muchas las aventuras que juntos vivieron. Raulito le tocó la rodilla, con su pequeña, manito.

—¿En qué piensas, tía Memi?

—Recordaba que en mi niñez hubo una ocasión cuando me sentí tan sola como tú. Sin embargo, yo tenía un amigo imaginario.

—¿Un amigo imaginario? —preguntó Raulito intrigado.

—Sí, se llamaba Rafael.

—Yo quiero tener un amigo así. ¿Qué debo hacer?

—Lo único que necesitas es tener el deseo y este se convertirá en realidad.

Rosa Elena contempló a su sobrino, era un niño de cinco años, vivaz, de piel trigueña como su madre, con los cabellos rubios y los ojos pardos como los de su padre. El encanto que tenía el niño, ella no sabía de quién lo había heredado.

Raulito permaneció en silencio por varios minutos. Se levantó de la silla y expresó.

—Tía Memi, no entiendo mucho eso del amigo imaginario. Me lo puedes explicar mejor.

—Con mucho gusto, mi amor. Comenzaré por decirte que ese amigo tú lo vas a crear. Tendrá la edad que tú quieras, lo mismo que el tamaño, el color de la piel, los cabellos y cualquier otro atributo que desees. No olvides ponerle un corazón pleno de amor y compasión. Eso será lo más importante de tu creación, porque la magia, querido mío, no es otra cosa que una de las más grandes manifestaciones del amor.

Raulito miró a Rosa Elena entre divertido e intrigado, y preguntó.

—Tía, ¿tú crees que eso sea posible?

—Si tu tía lo pudo hacer cuando era una niña, no veo por qué razón, tú no lo puedas hacer.

Raulito comenzó a pasearse por la sala de su casa. Vivía en un lujoso apartamento de la ciudad de Panamá. Decorado con buen gusto y distinción. Rosa Elena observó el entorno. Era bello, sin embargo, ese pequeño niño era víctima de la inseguridad del país. Cuánta incertidumbre en las calles, producto de la delincuencia, y los niños eran los más afectados. Los que no estaban presos por la inseguridad estaban presos por el miedo. Raulito sacó a su tía de sus reflexiones y solicitó.

—Explícame cómo puedo hacer para crear ese amigo que tú dices.

Rosa Elena buscó las palabras adecuadas para especificarse.

—Raulito, si te pidiera que dibujaras a un niño para que fuera tu amiguito, ¿cómo lo harías?

—Tomaría un papel y un lápiz y lo dibujaría.

—Hazlo y así será tu amigo.

Raulito tomó una hoja de papel y los lápices de colores. Pasados quince minutos el dibujo estaba listo. Rosa Elena lo observó, era un niño más o menos de la edad de su sobrino, con cabellos rubios, la piel blanca y los ojos grises.

—Está bonito el dibujo de tu amigo. Ahora vas a soplar para darle vida y como por arte de magia, a partir de este momento, así será tu amigo imaginario.

Raulito, encantado con las locuras de Rosa Elena, sopló el papel, pero nada ocurrió. Con una mirada de severidad y desconfianza objetó.

—Tía Memi, ¡no ha pasado nada! Todavía mi amiguito está en el papel.

Rosa Elena sonrió, era un encanto su querido sobrino. Tendría que ser más explícita.

—Querido mío, no pienses que ese niño va a ser como tú o como yo. Así no es la magia. Él va a vivir en tu imaginación y va a estar a tu disponibilidad cada vez que quieras jugar.

—Ahora, sí, entiendo, tú quieres decir que jugaré con ese amigo en mi mente.

—Más o menos, pero con una diferencia. Tú puedes jugar con él, carritos y todos los juegos imaginables. Pero el único con el poder para verlo serás tú. Ese niño tendrá todas las facultades para hacer lo que le pidas, que sea para tu bien y el de la humanidad.

—¿Qué es la humanidad? —preguntó Raulito

—La gente, esa es la humanidad. Siempre le debes pedir cosas buenas. Si no tu amiguito no te complacerá.

Rosa Elena sabía que como todo niño no quitaría el dedo del renglón hasta ver sus deseos satisfechos. Además, ningún daño le haría tener un amigo imaginario. Esa presencia es normal, sana y frecuente. Es común ver a niños con hermanos mayores tenerlo. Eso le permite expresar sus necesidades emocionales básicas.

Raulito se acercó a Rosa Elena y preguntó.

—¿Cómo puedo hacer para que mi amiguito llegue de inmediato?

Rosa Elena tenía que inventar algo. Se puso de pie y afirmó.

—Raulito, hay que buscar una palabra mágica para que el encantamiento surta efecto. Una palabra capaz de desencadenar la magia, de mover montañas, de romper cadenas y de hacer volar tu imaginación.

Raulito pareció interesado, su rostro se iluminó por la emoción y la alegría. Al saltar de contento manifestó.

—¡Ya la tengo!

Rosa Elena sintió que perdía las perspectivas. Había contagiado a Raulito de su realismo mágico y ahora si no funcionaba el niño se podía sentir decepcionado. Raulito se aproximó a ella y en el oído pronunció la palabra.

—¡Tirtilin!

Rosa Elena miró de reojo a Raulito. Sintió un estremecimiento que le recorrió todo el cuerpo. El niño se cubrió el rostro con las manos. Rosa Elena esperó trémula de emoción. Se había excedido en el intento de llevar alegría a la aburrida vida de Raulito, y de repente vio a su sobrino quitarse las manos de la cara y gritar.

—Allí está. ¡Es el niño que dibujé en el papel!

Rosa Elena no se atrevía a moverse. Estaba asustada de su osadía. Sin embargo, percibió con gran satisfacción la expresión de felicidad que reflejaba Raulito. Él conversaba animadamente. Se acercó con mucho cuidado y preguntó a su sobrino.

—¿Dónde está tu amigo? No quiero sentarme encima.

Raulito rio divertido y preguntó.

—¿No lo ves, tía Memi?

—Recuerda, cariño, a tu amigo solo tú lo podrás ver.

—Ahora lo recuerdo. Él está sentado justo a mi lado. Por favor, siéntate en la otra silla.

Rosa Elena se sentó en la silla que le indicó Raulito y se quedó callada para ver si podía oír la conversación. Raulito le hacía una serie de preguntas y entre ellas, el nombre. No pudo contenerse e indagó.

—Raulito, ¿cómo se llama tu amiguito?

—Se llama Gabriel.

—¡Qué bonito nombre!

Raulito se acercó a su tía y le dijo.

—Mi amigo tiene todos los poderes y con él haré viajes fantásticos. Me dijo que él puede realizar las cosas más increíbles que pueda imaginarme. Que a partir de hoy mi vida será interesante y llena de encanto.

Rosa Elena, al despedirse de su sobrino, le pidió que no le contara a nadie sus aventuras.

—La mayoría de las personas no entienden de fantasías y piensan que no debes jugar con esas cosas, pero yo sé que tú tienes claro lo que es la realidad y lo que es un juego. ¿No es así?

—Sí, tía Memi, no te preocupes. Esas aventuras solo son un juego y solo a ti te las contaré.

Rosa Elena se sintió más tranquila. No quería tener problemas con su hermano. Ella siempre había estimulado la imaginación de Raulito, pero ahora había ido tan lejos que en cierta forma se arrepentía.

Raulito está tan entretenido con su amiguito que no la acompañó hasta la puerta. Ella lo saludó con la mano, él le devolvió el saludo y desde la sala gritó.

—Gracias, tía Memi, por regalarme un amigo tan tierno y cariñoso.

Rosa Elena salió de la casa de Raulito con la sensación que esto no se quedaría en un cuento de niños. Estaba segura de que esta historia tendría repercusiones mucho más serias. Cuando llegó a su casa el teléfono sonaba una y otra vez. Contestó de inmediato.

—Diga.

Escuchó la voz de Raulito.

—Tía, deseaba hablar contigo y Gabriel me marcó el número de teléfono.

—No me mientas. ¿Quién te marcó el teléfono?

—Ya te dije, tía, fue Gabriel.

—Mira, Raulito, quedamos en que a mí no me vas a mentir. Fue tu nana la que lo hizo.

—Cuantas veces quieres que te diga que fue Gabriel.

Rosa Elena cerró el auricular y volvió a llamar. Contestó la nana y le preguntó si ella había marcado su número de teléfono. La nana sorprendida contestó.

—Nadie ha llamado.

—Acabo de hablar con Raulito.

—Eso no puede ser. Él tiene más de media hora de estar dormido. Desde que usted se fue, él se acostó.

Toda la tarde se sintió terriblemente perturbada. Antes de que anocheciera, llamó por teléfono a Raulito para preguntarle si él la había llamado. Recibió la misma respuesta e insistió.

—Raulito llamé a la nana y ella me dijo que tú estabas durmiendo.

—Tú sabes, tía Memi, que Gabriel y yo somos astutos. Así que la engañamos.

Rosa Elena no tuvo más remedio que dejar su insistencia. Le daría un tiempo a su sobrino y luego hablaría seriamente con él. Días después Rosa Elena recibió la llamada de Aileen, ella estaba de lo más asombrada y le contaba que Raulito había mejorado mucho en su desempeño en la escuela. Afirmó entusiasmada.

—Recuerdas lo perezoso que era Raulito con sus deberes en la escuela. Ahora desde que llega de sus clases come y enseguida se pone a hacer sus tareas sin que lo mande. En verdad estoy sorprendida.

—¿No le has preguntado a qué se debe ese cambio?

—Sí, lo hice y me contestó que es un secreto entre tú y él.

Rosa Elena no sabía que responderle y guardó silencio. Aileen continuó.

—Lo más raro de todo es que la maestra me dijo que en los trabajos que hace en la escuela, se puede apreciar claramente dos tipos de letras y que cuando ella le preguntó Raulito le dijo que era un secreto contigo.

—No te preocupes, Aileen, el sábado que vaya a visitar a Raulito le preguntaré cuál es ese secreto. No le insistas en averiguar las cosas porque le darías demasiada importancia y pienso que no sería conveniente.

El jueves en la tarde, Rosa Elena se reunió con una amiga psicóloga, pues estaba interesada en saber si la creación de un amigo imaginario podía perjudicar a un niño. Se citaron en una cafetería cerca de su casa. Cuando llegó Elsie, Rosa Elena la estaba esperando. Le hizo una señal con la mano y Ella se acercó a la mesa. Pidieron dos cafés y sin más preámbulo, Rosa Elena sacó el tema que le interesaba.

—Elsie, ¿tú crees que la existencia de un amigo imaginario pueda ser perjudicial para un niño de cinco años?

—En modo alguno.

Rosa Elena bajó el tono de la voz y le dijo.

—Estás segura. ¿No crees que ocasione cierta confusión en el niño y no pueda distinguir entre la realidad y la fantasía?

—Mujer, ya te dije que no. La existencia de un amigo imaginario es más bien beneficiosa para los niños.

Los hace más comunicativos, les permite expresar sus sentimientos y les enseña a compartir.

—Te voy a ser franca. Muchas veces te he hablado de Raulito, tú sabes que él es mi adoración. Una tarde lo fui a visitar y lo encontré triste, me dijo que se sentía solo y le sugerí la creación de un amigo imaginario. Sin embargo, le advertí que eso era un juego. Estoy segura de que me entendió. Él es inteligente.

Rosa Elena interrumpió el relato y tomó un sorbo de café. Necesitaba ese estimulante. Se sentía presionada y preocupada. Su amiga lo percibió.

—No te alteres de esa manera, no veo el problema.

—Deja que termine y me dirás si tengo motivos o no para alterarme.

—Continúa, te estoy escuchando

Rosa Elena se puso seria y con voz solemne continúo.

—Después me llamó la madre de Raulito para decirme que había mejorado en su desempeño en la escuela, que la maestra aseguraba de que en sus trabajos escritos había dos caligrafías y que cuando le preguntó, el niño le expresó que era un secreto con su tía Memi.

Elsie dejó de reírse. Esto parecía mucho más complicado de lo que se había imaginado y recapacitó. Levantó la mirada y observó a Rosa Elena. Era una mujer atractiva, blanca, de cabellos rubios, cortos y peinados a la moda, grandes ojos pardos que cuando miraban escrutaban hasta el último de los detalles, de esbelta silueta y porte elegante.

Elsie trató de hablar lo más pausadamente posible y acotó.

—Querida amiga, tienes que ser prudente. No te adelantes a los acontecimientos. Pienso que debes hablar con Raulito y después que conversas con él, si quieres nos volvemos a reunir para ver qué conclusiones sacamos.

Rosa Elena asintió con la cabeza. No había otra forma de actuar. Hablaría con Raulito y aclararía todo este asunto. Se despidió de Elsie prometiéndole que pronto se volverían a reunir.

Era sábado en la mañana, Rosa Elena sentía apremio de llegar cuanto antes a la casa de Raulito. En la casa de su sobrino se acababan de despertar. Entró en la recámara del niño y lo observó, estaba acostado a un lado de la cama.

—Raulito, ¿por qué estás a un lado de la cama? ¡No ves que te puedes caer!

—Tía, tengo que dejar lugar para Gabriel o quieres que él se acueste en el suelo.

—Raulito, recuerda que Gabriel es invisible y no necesita de un lugar.

—Era invisible hasta que dije las palabras mágicas. En ese momento adquirió vida.

Raulito se volteó y miró al otro lado de la cama y dijo.

—Gabriel, mi tía no cree que tú tengas vida. ¿Qué te parece?

Rosa Elena, a punto de caer con un infarto, se controló y le pidió a Raulito que le trajera el cuaderno de tareas, él se lo entregó y ella observó con estupor que en los trabajos escritos había dos tipos de letras. No entendía qué estaba pasando, pero fue prudente y no siguió interrogando a su sobrino.

Raulito se levantó de la cama, la abrazó y le dijo.

—Gracias, Memi, por darme un amigo tan rareza.

La mañana transcurrió con bastante normalidad. Rosa Elena, como de costumbre, jugó varias horas con su sobrino con la única variante que ahora no eran dos personas, sino tres porque en todos los juegos estaba Gabriel. De repente a ella se le ocurrió decirle a Raulito que jugaran la escuelita en donde ella sería la maestra, y ellos los estudiantes. Le pidió a Raulito que hicieran la tarea en una hoja aparte para ella podérsela llevar a Elsie. A los pocos minutos Raulito regresó con una hoja y dos plumas. Organizaron una mesa y comenzó el juego. Rosa Elena observaba que Raulito escribía y viraba la hoja para que Gabriel escribiera. En un principio esa actitud del niño le pareció de lo más divertida, pero cuando Raulito le entregó la hoja casi se le escapa un grito. Las caligrafías eran totalmente diferentes, la de Raulito era la de un niño, pero la otra parecía de un adulto.

—¿Por qué Gabriel tiene la letra como la de los adultos?

—Ya se lo pregunté y él me dijo que aunque tenga la apariencia de un niño, no lo es.

—¿Qué es entonces? —preguntó Rosa Elena, intrigada.

—Prométeme que no se lo dirás a nadie.

—Te lo prometo, siempre hemos sido socios. No te preocupes.

Raulito se levantó de la silla, se acercó a Rosa Elena y afirmó.

—Gabriel es un ángel con poderes mágicos. Recuerda que me prometiste no revelar este secreto.

Rosa Elena no hizo caso de la advertencia de su sobrino y prosiguió.

—¿Qué más te ha dicho?

—Me ha contado aventuras increíbles sobre sus poderes. Él es capaz de viajar en el tiempo y solucionar cualquier problema. Tiene facultades asombrosas.

Cada vez que Raulito agregaba algo, más se acrecentaba la angustia de Rosa Elena. Rosa Elena decidió en ese momento dejar las cosas así y buscar la asesoría necesaria para enfrentar ese problema. De algo sí, no tenía duda, Raulito estaba feliz. Nunca antes vio ese brillo en sus ojos y esa alegría tan desbordante. A lo mejor se estaba preocupando sin motivos. Recordó cuando ella estaba pequeña y su encuentro con Rafael, su amigo imaginario. Fueron años maravillosos.

Al retirarse algo llamó la atención de Rosa Elena, que ya estaba en la puerta, y se devolvió. Raulito jugaba con dos carritos, uno rojo y otro azul. Del lado de él tenía el rojo y enfrente el azul. De repente, Rosa Elena observó que el carro azul se movía solo. Lo tomó entre sus manos y miró para ver si usaba batería. No, era un carro que para moverlo había que empujarlo. Le preguntó.

—¿Por qué este carro se mueve solo?

—No se mueve solo. Gabriel lo hace.

—Raulito, yo conozco toda la historia. Sé lo que es verdad y lo que no lo es. Por lo tanto, a mí no me digas mentiras.

El niño se acercó a su tía y la miró a los ojos. Estaba triste. Ella jamás le habló en esos términos. Rosa Elena se dio cuenta, lo abrazó y lo besó.

—No me hagas caso. Es que me asusté, pero tú sabes que te quiero mucho.

El niño la besó y sonrió.

—Está bien, tía Memi. Ya Gabriel me advirtió que a ti te costaría trabajo aceptarlo.

Al entrar al carro, Rosa Elena sintió una fuerte sacudida. Le dio la impresión que alguien estaba con ella. Percibía una presencia extraña. Movió la cabeza varias veces como para desechar esa idea. Arrancó el motor del automóvil y se puso en camino para su casa. Conducía despacio como de costumbre por las calles de Punta Paitilla, al pasar por el puente vio con horror que un carro venía en sentido contrario justo por su carril. No tenía cómo esquivarlo, además, estaba paralizada por el miedo. De pronto sintió un pie encima del suyo que la hizo frenar justo a tiempo para no colisionar. El conductor del otro carro puso el automóvil en reversa y se dio a la fuga. Después de recuperarse, prosiguió su camino, sin entender lo sucedido. Cuando llegó a la casa pudo percatarse que su sandalia estaba pisada y dañada. Las correas estaban rotas. No tuvo duda, fue asistida por un ente desconocido.

Rosa Elena estaba confundida y reflexionó. Cuando le cuente esta experiencia a Elsie pensará que me estoy volviendo loca. Sin embargo, era imprescindible buscar a una persona de confianza para que le ayudara a resolver esta situación. Escuchó un ruido que venía de la sala. Al inicio no le prestó mucha atención. Sintió un fuerte viento. De dónde vendría esa corriente de aire, se preguntó, si ella mantenía la puerta y las ventanas cerradas. En ese momento escuchó a una persona palmoteando. Asustada se arropó de pie a cabeza. Poco a poco se quedó dormida. Súbitamente, sintió la voz de un niño que cantaba una canción de cuna. No se atrevía a abrir los ojos, casi ni podía respirar. Volvió a percibir una presencia etérea. Se llenó de valor y abrió los ojos. Un niño como de cinco años estaba parado junto a su cama. Se fue incorporando poco a poco y trató de tomar al pequeño por una mano. Un súbito estremecimiento recorrió todo su cuerpo. El niño desapareció.

Rosa Elena fue a la cocina en busca de un té de tilo. Lo tomó lentamente y trató de serenarse. Necesitaba de toda su capacidad de análisis para resolver este misterio. Regresó a su habitación y observó sobre la cama un sobre. Lo recogió con mucho cuidado. En letras grandes y clara decía para tía Memi de Gabriel. Casi se cae de sus pies, las piernas le temblaban como si fueran de trapo. Se sentó en la cama y haciendo un acopio de todo su coraje, decidió abrir el sobre. Era una carta breve, lo primero que reconoció fue la caligrafía. Era la misma que tenía Raulito en sus trabajos escritos.

Querida tía Memi:

Soy Gabriel, el amigo de Raulito. No sigas presionando a tu sobrino para que confiese que yo no existo. Ustedes, ambos, tienen poderes sorprendentes y me invocaron. No me iré hasta cumplir mi misión y es preferible que no te resistas. Te prometo que no le causaré ningún daño a Raulito. Mi misión es hacerle bien y ayudar a la familia.

Un beso,

Gabriel

Rosa Elena decidió llevarle las pruebas a Elsie para que la ayudara. Ella encontraría la manera de resolver este problema sin que nadie se enterara. Llamaría a su amiga y le pediría una cita. Esta vez iría a su clínica. Este asunto tan tortuoso no era para tratarlo en una cafetería. Necesitaba de un ambiente de discreción. Elsie contestó el teléfono y se alegró mucho de oír la voz de Rosa Elena.

—Esperaba tu llamada. La última conversación me dejó preocupada. ¿Cómo va ese asunto?

—Casualmente por eso te llamo, quiero verte en tu consultorio. Las cosas se han complicado más. No quiero darle largas a este asunto y quisiera que me atendieras cuanto antes.

—No te preocupes, mañana mismo puedes pasar por mi consultorio.

—¿A qué hora quieres que vaya?

—¿Te parece bien a las tres de la tarde?

—Me parece perfecto. Allí estaré.

Rosa Elena, perturbada, no esperó que Elsie se despidiera y cerró la comunicación. Esto alarmó mucho a Elsie, pues conocía sus buenas maneras.

Al día siguiente, a la hora convenida, Rosa Elena se presentó en el consultorio de Elsie y le contó lo sucedido. La psicóloga la observaba fijamente. Su amiga era una mujer centrada, sin conflictos y con dominio sobre sus emociones. Algo grande le tenía que estar pasando para alterarla de ese modo. Elsie habló despacio.

—Rosa Elena, ¿qué guardas en esa bolsa? Cualquiera diría que es un tesoro—bromeó.

—Aquí tengo las pruebas de la presencia inexplicable de la que te he hablado.

Rosa Elena sacó las sandalias y le mostró a Elsie como la del pie del freno tenía las correas rotas. Eso no le pareció relevante a la psicóloga. Sin embargo, cuando sacó la carta, Elsie tuvo que contenerse para que no se le escapara una exclamación de horror. La carta estaba escrita y firmada por el amigo imaginario de Raulito.

—No quiero que te preocupes más de la cuenta. Estoy segura de que lo podemos resolver. Tú siempre has tenido grandes capacidades intuitivas. No te desesperes y vamos a ver qué rumbo toman los acontecimientos. Si es cierto lo que dice la carta, esta presencia solo ha venido a hacer el bien. Esperemos entonces.

Elsie permanecía de pie, recostada sobre el escritorio. Era una mujer que proyectaba mucha seguridad, con una inteligencia fuera de lo común, de mediana edad y bella, de piel blanca, cabellos negros y unos expresivos ojos negros. Vestía con sencillez y elegancia. Rosa Elena se despidió prometiéndole reunirse con ella todas las semanas para tenerla al tanto de la situación.

CAPÍTULO 2

Rosa Elena se levantó más temprano que de costumbre. Iba a ver a Raulito. Esos encuentros eran importantes para el niño. Con ella podía hablar de igual a igual. Además, le enseñaba palabras que él nunca había oído. En esa ocasión Raulito le preguntó a su tía si lo amaba.

—Mi amor por ti es un amor oblativo.

Raulito comenzó a reírse a carcajadas. Él no entendía esa palabra. Guardó silencio. Minutos después preguntó.

—Tía, ¿qué significa amor oblativo?

—Amor oblativo es cuando se está dispuesto a dar la vida por la persona amada.

—¿A dar la vida? ¿Significa morir por la persona que quieres?

—Sí, Raulito, es dar la vida por defender a la persona amada.

—¡Eso sí es querer!

Conversaron por varias horas, Rosa Elena le decía que él era su contertulio. Esa palabra le gustó todavía más cuando ella le explicó el significado. Rosa Elena se sintió relajada con la conversación. Inesperadamente, algo llamó su atención, sobre la mesa de la sala había un sobre y enseguida pudo reconocer la letra. Sintió que la temperatura del ambiente había descendido. Se levantó despacio y lo recogió. Estaba dirigido a ella y miró a Raulito como interrogándolo.

El niño sonrió con la inocencia característica de los infantes de su edad y señaló.

—Tía, esa carta es de Gabriel para ti.

—¿Para mí? —repitió como atontada.

—Sí, Gabriel me dijo que hay algunas cosas que te quiere explicar para que no te asustes.

Rosa Elena no contestó y procedió a abrir el sobre. Era una carta breve y concisa:

Querida Rosa Elena:

El objetivo de esta carta es tranquilizarte y pedir tu colaboración. Te reitero que estoy aquí y no me iré hasta cumplir mi misión. Espero contar con tu ayuda. Raulito está dispuesto a cooperar conmigo. Él es un niño inteligente y emocionalmente fuerte. He venido de otra dimensión para ayudarlos a superar el dolor y el sufrimiento que les impone su condición humana. Rosa Elena, tú eres una mujer intuitiva y con grandes poderes, no tendré que darte explicaciones adicionales, lo único que te pido es que guardes discreción en torno a nuestro trabajo. La mayoría de la gente no está preparada para este tipo de eventos y pensarán que te has vuelto loca y que en tu demencia estás arrastrando al niño. Pronto tú también tendrás la facultad de verme.

Espero que toda esta situación te haya quedado clara y nunca dudes de mis buenas intenciones. Los quiere mucho.

Gabriel.

Cuando Rosa Elena terminó de leer la carta quedó exhausta. Miró a Raulito, él la observaba tan tranquilo como si nada. Sin embargo, ella tenía que confirmar si Raulito conocía el contenido de la carta y le preguntó.

—Querido, ¿tú sabes lo que dice esta carta?

—Sí, Gabriel me lo explicó.

—Raulito, ¿en estos momentos dónde está Gabriel?

—Aquí sentado al lado mío. ¿No lo ves?

Rosa Elena no contestó. Con timidez miró y sintió un escalofrío que le recorrió toda la espina dorsal. Al lado de Raulito había un niño de su misma edad, de piel blanca, cabellos rubios y ojos grises. Ni tan siquiera se atrevió a respirar. Experimentó una necesidad incontrolable de salir corriendo, pero su amor por Raulito venció al miedo. No podía bajo ningún pretexto asustar a su sobrino.

Como a la media hora regresó Aileen del supermercado. La saludó y se sentó entre Raulito y Rosa Elena. Los miró de hito en hito y afirmó.

—Tienen cara de conspiradores. ¿De qué estaban hablando?

Raulito le hizo una seña a Rosa Elena y contestó.

—¡Tú sabes, mamá, que mi tía y yo realizamos juegos divertidos, pero son secretos!

—¿Secretos con tu Mami?

—Sí, y no insistas, no te vamos a contar nada.

Aileen cambio de tema y comenzó a preguntarle a Raulito por las tareas de la escuela. Ese era el tema que más aburría al niño. Por esa razón, tomó de la mano a Rosa Elena y le dijo.

—Vamos a mi cuarto, tía Memi, que Aileen va a hablar del tema más aburrido del mundo.

Rosa Elena acompañó a su sobrino y pudo observar cómo Gabriel los seguía. Cerró los ojos y los volvió a abrir con la esperanza que la imagen de Gabriel se borrara. Gabriel le hizo un guiño de ojo y le dijo.

—¡Soy tan real como tú y Raulito, no lo dudes!

A Rosa Elena casi le da un infarto. Era la primera vez que el ente le hablaba. Guardó silencio, era mejor ser prudente y no preguntar nada hasta que la situación se aclarara un poco. Una vez en el cuarto de Raulito, vio a los dos niños conversar animadamente. Llenándose de valor, se acercó a ellos y tocó en el hombro a Gabriel. No sintió nada, pero escuchó una risa que le taladró los oídos. Gabriel se divertía. Eso le disgustó sobremanera y le preguntó.

—¿De qué te ríes? ¿Quién demonio eres?

Gabriel se le acercó y le tomó las manos. Rosa Elena pudo experimentar el contacto con el niño sin sentir su piel. Levantó la mirada y lo observó. Gabriel expresaba tristeza. Se sintió tan malvada como una bruja. Dos gruesas lágrimas rodaron por las mejillas de Gabriel. Ella a punto de lloriquear y trémula de emoción expresó.

—Perdóname, Gabriel, nunca he sido cruel con los niños. Estoy asustada y no entiendo nada. No quise ofenderte ni regañarte.

Gabriel se acercó y acarició los cabellos de Rosa Elena.

—Comprendo, todo esto debe resultar extraño para ti. Te recomiendo que aprendas de Raulito, él me ha aceptado sin hacer preguntas. ¿No crees que esa sea la mejor actitud?

—Tienes razón, así lo haré.

Esa fue una tarde agitada para Rosa Elena. Pasadas unas horas aceptó como normal la presencia de Gabriel. Había un miembro más en los juegos secretos, una entidad que ella no tenía la menor idea de dónde había llegado.

Cómo a las tres de la tarde se despidió de Raulito y de su amigo. Cuando se acercó a Gabriel, este le señaló.

—Maneja con cuidado, esta vez no voy a ir contigo. ¡Sé prudente!

Rosa Elena volteó el rostro y preguntó.

—¿Tú fuiste quien frenó el automóvil la vez pasada para evitar el accidente?

—Eres inteligente.

Rosa Elena se despidió de Aileen que estaba en la cocina. Ella se levantó y volvió a insistir.

—Tú y Raulito se traen algo. Estoy segura.

Rosa Elena sonrió y poniendo cara de conspiradora señaló.

—¡Tenemos en mente un proyecto que nadie estaría en capacidad de comprender en este momento! Por esa razón, no lo vamos a comentar con nadie.

Aileen sonrió por la exageración de Rosa Elena y supo por qué razón a su hijo le divertía tanto esa tía en particular. Reconoció que ella tenía talento creativo. Sin hacer ningún comentario adicional, acompañó a su cuñada hasta la puerta.

Rosa Elena se dirigió al estacionamiento y rápidamente pudo observar que alguien la seguía. «Estoy paranoica», pensó. Se detuvo y esperó. De repente, justo detrás de ella estaba Gabriel. Su sobresalto fue tan grande que estuvo a punto de gritar.

—¡Gabriel, me asustaste!

—No te asustes, solamente te quería advertir que nuestro encuentro no se lo puedes contar a nadie. Ni siquiera a Elsie.

Rosa Elena se apoyó en la pared de la impresión que le provocaron las palabras de Gabriel. ¿Cómo era posible que él supiera de la existencia de su amiga Elsie? Caminó despacio hacia donde había dejado su automóvil y observó a Gabriel sentado en la tapa del motor. Se inclinó y la besó en la mejilla. Rosa Elena se sintió incómoda. Era la primera vez que la besaba una entidad etérea.

Al llegar a su casa, el conserje del edificio le entregó una tarjeta que le había dejado una amiga. La tarjeta era de Elsie, con letra chica, había escrito un mensaje para que ella la llamara cuanto antes.

Rosa Elena entró al consultorio de Elsie y sin saludarla dijo:

—Mujer, me tienes preocupada. Quedaste de llamar para informarme sobre el asunto de tu sobrino.

—No te preocupes, Elsie, no hay novedades. Creo que me asusté sin motivos.

—Rosa Elena, te conozco perfectamente y que trates de evadir el tema, me preocupa mucho más. ¿Qué es lo que está pasando?

—No te inquietes por mí. Todo está bien.

—No me vengas con eso. Hay algo en el tono de

tu voz que me hace pensar que me estás ocultando algo importante.

—Elsie, por favor, aquí yo soy la bruja. No pretendas usurpar mi rol.

Cerca de la cinco de la tarde, Rosa Elena se despidió y se encaminó a su casa. Al cruzar la calle volvió a sentir esa presencia inmaterial, se detuvo y miró hacia atrás. Al otro lado de la calle estaba Gabriel. Ella cerró los ojos y los volvió a abrir con la esperanza de que todo fuera producto de su imaginación. Gabriel ya había cruzado la calle y se encontraba a su lado.

—¿Qué haces aquí?

—No hables, recuerda que las demás personas no me pueden ver y pueden pensar que estás chiflada.

Rosa Elena no contestó. Una vez más debía darle la razón a Gabriel. Apresuró el paso y en pocos minutos llegó al edificio donde vivía. Tomó el ascensor y entró en su apartamento. Allí vio que Gabriel había desaparecido. Ante su cansancio pensó, «mejor es que se vaya». Agotada se dirigió a su recámara. Estaba agotada, se acostaría. Cuando llegó a su habitación, se le escapó un grito de sorpresa. Gabriel con una amplia sonrisa la recibió acomodado en su cama. La miró de reojo y le dijo.

—Tía Memi, yo también estoy cansado.

Rosa Elena se dejó caer pesadamente sobre la cama. Ya no aguantaba más, aceptaría a Gabriel sin resistencia, sino su corazón no iba a tolerar tanta presión. Se quedó en silencio por varios minutos. Gabriel respetó su mutismo y pasados unos minutos Rosa Elena señaló.

—Gabriel, querido, no voy a resistir más tu presencia, quiero tener contigo una conversación franca y abierta, además, deseo que me expliques tu misión.

Gabriel se incorporó, besó a Rosa Elena y le dio una palmadita en el hombro.

—Tenía fe en ti. Pensé que, aunque te resistieras, tarde o temprano, me aceptarías y colaborarías conmigo en cuanto supieras que mi misión es hacer el bien.

Rosa Elena se levantó y fue por una bebida. Se la tomó lentamente, ya más calmada preguntó.

—Gabriel, ¿cuál es en concreto tu misión? ¿Cuál es el objetivo de tu visita?

Gabriel, de un salto, quedó sentado en el mueble de los libros. Le hizo seña con la mano a Rosa Elena para que se acercara y afirmó.

—He venido de otra dimensión para llevarlos, a ti y a Raulito a un viaje por el tiempo.

—No entiendo. Cuando dices que a un viaje por el tiempo. ¿A qué te refieres?

—A un viaje por el pasado o por el futuro. Hay varios eventos en la vida de los familiares de ustedes que es urgente resolver. Tengo que minimizar el sufrimiento de ciertas etapas de la vida de personas queridas para Raulito.

—Sigo sin entender, puedes ser más explícito.

Gabriel bajó del mueble y se sentó al lado de Rosa Elena. Le tomó una de sus manos entre las suyas y expresó.

—Te voy a dar un ejemplo para que sea más fácil comprender el significado de mis palabras. Raulito siempre menciona a su abuelito Santiago. Voy a llevarlo a que lo conozca.

—Me imagino que yo también iré —exclamó Rosa Elena.

—Por supuesto, tú siempre nos acompañarás en todas nuestras travesías.

Rosa Elena reaccionaba confundida, le era imposible aceptar eso de visitar a su padre Santiago para que Raulito lo conociera. No estaba dispuesta a quedarse con esa duda y preguntó:

—Gabriel, ¿cómo vas a hacer para visitar a una persona que está muerta?

—No me has entendido, Rosa Elena. Recuerda que te dije que era un viaje al pasado y en el pasado tu padre está vivo. En el presente es que él está muerto. ¿Me expliqué ahora?

—Perdona mi torpeza.

Gabriel se despidió y salió por la ventana. Rosa Elena se acercó a la ventana y observó cómo Gabriel caminaba tranquilamente en dirección a la casa de Raulito. No pudo contener la risa. Ella se imaginó que él podía caerse y lesionarse. No se acostumbraba a la idea que Gabriel no era un chico común y corriente. Sin embargo, sentía que cada vez más se encariñaba con ese dulce niño.

Rosa Elena se acostó a descansar. Mientras oraba, escuchó el eco de una voz que decía: necesito tu ayuda. Estaba segura de que había escuchado esa voz antes. Hizo memoria. Un frío intenso recorrió todo su cuerpo cuando al fin reconoció la voz. Era la voz de su padre, Santiago. Enseguida abrió los ojos. Ella no le temía a su padre, aunque estuviera muerto. No podía ver en la oscuridad, se levantó y encendió la luz. No pudo ver ni oír nada.

Rosa Elena volvió a acostarse, a los pocos minutos se durmió y soñó con su padre. Él le pedía que lo visitara, que requería de su ayuda. Rosa Elena lo vio llorando.

—Querido padre, no llores, haré lo que me pides. Por favor, dime qué puedo hacer para ayudarte.

—Pregúntale a Gabriel. Él sabe cómo llegar a mí.

Rosa Elena despertó asustada. No comprendía su sueño. Se levantó y se tomó un tranquilizante. Nunca tomaba pastillas para dormir. Tenía esos calmantes desde su última enfermedad. Se volvió a acostar, cerró los ojos y permaneció despierta por más de una hora hasta volverse a dormir. A la mañana siguiente se levantó tarde. El calmante le hizo el efecto deseado, se sentía relajada y descansada. Se arregló y salió temprano. Estaba dispuesta a romper su rutina y visitar a Raulito, era miércoles y nadie la esperaba por la casa de su sobrino. La primera en extrañarse fue Aileen que le preguntó.

—¿Pasó algo?

—No ha pasado nada, ¿ya llegó Raulito de la escuela? —dijo Rosa Elena.

—No ha llegado, pero no demora.

Rosa Elena se sentó en la sala y conversó con Aileen hasta que llegó Raulito. El niño al verla se alegró muchísimo y le expresó.

—Tía Memi, ¡tú por aquí, hoy miércoles!

—Sí, querido, vine a visitarte. Tengo un nuevo juego para ti.

A Raulito se le iluminaron los ojos. Estaba fascinado con el ingenio de su tía. Enseguida tiró la mochila de sus libros sobre la mesa. Tomó a Memi por la mano y dijo.

—Vamos a mi cuarto.

Cuando llegaron a la habitación, Raulito cerró la puerta y le dijo.

—Ya Gabriel me había dicho que tú venías hoy, pero me sugirió que me sorprendiera para que nadie sospechara.

—Te dijo por qué razón iba a venir.

—Sí, Memi, me dijo que habías soñado con mi abuelito Santiago y que vendrías a preguntar cómo ayudarlo.

Rosa Elena no salía de su asombro. ¿Cómo era posible que estos eventos tan inusitados estuvieran sucediendo?

—Necesito hablar con Gabriel. ¿Dónde está?

Gabriel apareció con una gran sonrisa. Rosa Elena apenas lo saludó, estaba fuera de sí. Hacía ingentes esfuerzos para controlar su nerviosismo sin conseguirlo.

—Memi, cálmate, por favor y toma las cosas con serenidad—aconsejó Gabriel.

Rosa Elena levantó la mirada, estaba pálida y sudaba copiosamente. Se limpió el rostro con un pañuelo y expresó.

—Gabriel, por lo que más quieras, dime qué pasa.

—Ya te lo dije y no me creíste.

Rosa Elena se levantó y comenzó a pasearse por la habitación de Raulito. Trataba de controlar sus nervios. Se detuvo y espetó.

—Gabriel, no quiero más rodeos, te exijo que me des una explicación.

Gabriel se acercó a Rosa Elena y le acarició el mentón. Él tenía todas las respuestas y las suministraba con una velocidad vertiginosa.

—Querida, escucha con mucha atención. Te expliqué que mi misión es enseñarlos a minimizar el sufrimiento y para que lo aprendan bien voy a trasladarme con ustedes al pasado. Sí, a situaciones de desolación que tuvieron ustedes o sus seres queridos en otros tiempos y cuando tengan la capacidad de superar ese dolor, tal vez podamos trasladarnos al futuro. No trates de entenderlo todo de una vez. Espera, no seas impaciente.

Cuando Gabriel terminó de hablar desapareció dejando a Rosa Elena un poco más sosegada. Ella y Raulito salieron del cuarto y se dirigieron al comedor para almorzar.

—No creas, Memi, que esta visita reemplaza la del sábado. Te espero a la misma hora. Recuerda que ese día comienza nuestra aventura.

Rosa Elena se despidió con la promesa de regresar. Al llegar a su casa se sentía relajada, la conversación con Gabriel había sido como un sedante. Percibía que él había llegado a sus vidas con el propósito de darles mucho amor y ayudarlos a resolver situaciones de conflictos. Esa noche se sentía nostálgica, se asomó a la ventana y contempló el panorama. Era una noche estrellada. ¡Cuánta belleza encerraba la oscuridad de la noche! Las diminutas luces que se veían a los lejos, eran como la esperanza de que, en algún lugar, seres privilegiados por su poder acudirían a prestarnos su ayuda desinteresada, pensó en Gabriel. «¿De dónde había llegado? ¿Qué extraño poder le había dado vida?» Eran tantas sus interrogantes. Todas sin respuesta, pero de algo sí estaba segura. Gabriel había llegado con una misión importante y ella deseaba brindarle toda su colaboración. No acababa de comprender por qué se sentía obligada a cooperar, pero lo haría. El timbre del teléfono la sacó de sus reflexiones. Se acercó despacio y contestó.

—Hola, ¿quién habla?

Al otro lado oyó una voz de niño que hablaba bajito.

—¿Quién habla? Por favor, hable más alto.

De inmediato, Rosa Elena reconoció la voz. Era Raulito.

—Tía el sábado te vistes con pantalones. Vamos a hacer un viaje con Gabriel.

—¿Adónde vamos?

—Vamos a hacer un viaje al pasado. Visitaremos a mi abuelo Santiago.

Rosa Elena le siguió la corriente a su sobrino y le contestó.

—Sí, querido, el sábado nos vamos de viaje.

Cerró la comunicación y se dispuso a descansar. El día había sido complicado y ella sabía que todavía le tocaba afrontar muchísimos sobresaltos.

A la mañana siguiente se levantó temprano, hizo su rutina de ejercicios y desayunó bien. Se vistió más bonita que de costumbre. Se observó al espejo. Era una mujer de cincuenta años, pero aparentaba mucho menos. Tardó mucho en escoger su ropa. Seleccionó un juego de pantalones rojos y se adornó con una bufanda de varios colores. Quedó complacida con su aspecto. Bajó al sótano y entró en su automóvil. En la silla, al lado de la del conductor, había una nota. La misma decía:

Tía Memi no vayas a comentar nuestra aventura. Te pondrían camisa de fuerza. Te quiero mucho, Gabriel.

Rosa Elena se sobresaltó. ¿Cómo era posible que Gabriel supiera que ella iba a visitar a Elsie? Ya no tenía dudas, Gabriel tenía poderes que escapaban a su comprensión.

Permaneció por varios minutos en su auto. No sabía cómo resolver esta situación tan complicada. Comenzó a relajarse y se fue quedando ensimismada. Se vio en una casa de madera de dos pisos. Hacía esquina y ocupaba gran cantidad de espacio en esa cuadra. Sus cuartos eran amplios y estaba decorada al estilo antiguo. El piso cubierto con linóleo. La residencia le parecía conocida En el comedor había un cuadro grande en plumilla, le era familiar ese señor que estaba en el dibujo. En el interior de uno de los cuartos observó a una mujer joven, de baja estatura, de cabellos rubios largos que le cubrían toda la espalda y grandes ojos negros. Su vestido le cubría hasta los tobillos, ajustado en el busto, y terminaba en una amplia falda. Tenía la impresión de haberla visto antes. La mujer se acercó a ella y le preguntó qué deseaba. Rosa Elena no sabía qué decirle y le contestó que no sabía cómo había llegado allí, pero que tenía la sensación de haberla conocido antes. La joven mujer se acercó a ella y la invitó a sentarse en la sala. Después de conversar por unos minutos, Rosa Elena le preguntó el nombre. La mujer levantando el tono de voz dijo.

—Mi nombre es Carlota, pero me dicen Tota.

Rosa Elena exclamó fuera de sí.

—¡No puede ser! Ahora sé a quién te pareces.

Tota estaba desconcertada, preguntó.

—¿A quién me le parezco, señora?

—A mi abuela, Tota.

Tota parecía divertida con la ocurrencia.

—Por edad no puedo ser su abuela.

Rosa Elena estaba desorientada. No entendía, pero algo sí intuyó. Gabriel estaba en todo este embrollo. Se levantó lentamente y se acercó a la ventana. Pudo observar un coche antiguo, tirado por caballos, estos parecían cansados. La ausencia de tránsito llamó poderosamente su atención. Caminó hacia donde estaba Tota y preguntó.

—¿Por qué no hay tráfico?

—¿Tráfico? —preguntó Tota.

—Sí, los carros que usan para transportarse de un lugar a otro.

—Los únicos medios de transporte son el tranvía y los coches.

Rosa Elena no salía de su asombro. Un pensamiento absurdo llegó a su mente y preguntó.

—¿Cuál es la fecha de hoy?

—5 de mayo —contestó Tota.

Rosa Elena percibió que algo anormal estaba pasando e insistió.

—¿De qué año?

Tota pareció molestarse y afirmó.

—¿A usted qué le pasa, que no sabe en qué año vive?

—Se lo pido por favor, dígame el año.

—5 de mayo de 1914.

Rosa Elena tuvo que sentarse para no caerse. Sus piernas no la sostenían. Le pidió a Tota un refresco. Se lo tomó lentamente. Recuperada de la impresión, afirmó.

—Pensará que estoy loca, pero yo vengo del año 2000.

Tota comenzó a reírse a carcajada. De repente, otra mujer entró en la habitación. Era Esilda la hermana de Tota.

Le reprochó agriamente sus risas y dijo.

—Recuerda que estamos de duelo. ¿Cómo es posible que te rías de esa forma?

Por suerte Tota no le dio ninguna explicación. Rosa Elena preguntó.

—¿Quién murió?

—Antonina, la madre de Chaguito.

—¿Quién es Chaguito? —preguntó Rosa Elena.

—Nuestro sobrino —contestó Tota.

Rosa Elena pensó que eran muchas las coincidencias. No tenía la menor duda, había viajado en el tiempo. Prefirió permanecer callada. Tota y Esilda discutían la inconveniencia de que Santiago (Chaguito) como cariñosamente lo llamaban, se enterara de que su madre, Antonina, había muerto. En ese preciso momento entró a la sala un niño de cinco años. Rosa Elena pensó que se iba a volver loca. El niño era parecido a su sobrino Raulito. Había ciertas diferencias en el color de la piel y el tamaño, pero físicamente eran parecidos.

—¿Quién es este niño pregunté alarmada?

—Es Santiaguito —contestó Tota

—No puede ser, él es mi padre —espetó Rosa Elena

Esilda y Tota se reían a mandíbula batiente. Miraban a Rosa Elena como si estuviera loca. De repente, el niño se acercó a Rosa Elena y la besó en ambas mejillas. Ella no pudo contener el llanto, todo esto era una chifladura. Sin embargo, este niño le inspiraba una gran ternura.

Rosa Elena se levantó y caminó hacia el balcón. Había un jardín colgante en donde abundaban las rosas y las veraneras; y pudo observar a Gabriel recostado, sonriendo con mucha picardía. Se acercó a él para hacerle una pregunta y en ese momento, regresó al tiempo presente. Estaba en su automóvil con la cabeza apoyada en el timón. No podía creerlo, ella jamás se durmió en un auto, ni aun en viajes largos. Estaba segura de que no había sido un sueño, sino un período de ausencia. Ya no iría a ningún lado. Regresó a su casa. Cuando llegó Cecilia se extrañó que regresara tan temprano y dijo.

—¿Por qué regresó tan temprano? Está bañada en sudor. ¿Se siente mal?

—No estoy un poco cansada, me voy a recostar un rato.

Rosa Elena se acostó debía reposar para poder analizar su extraño estado. Todo era tan incomprensible. Por más que trató de esclarecer ese embrollo no lo consiguió. Solo le quedaba esperar hasta el sábado. Gabriel podría aclarar esa situación tan confusa. Ya ella no soportaba más los enigmas y las contradicciones.

CAPÍTULO 3

El sábado desde temprano salió Rosa Elena a visitar al sobrino. Cuando llegó a los estacionamientos se sorprendió muchísimo de que él y Gabriel la estuvieran esperando. Apresuradamente, se bajó del carro y preguntó.

—Raulito, ¿por qué razón no me esperaron dentro de la casa?

—Tía Memi, es que Gabriel tiene mucha prisa. Él quiere que salgamos enseguida.

—¿Para dónde nos vamos?

—Ya Gabriel te lo ha explicado varias veces. Vamos a visitar a mi abuelito en el pasado.

Rosa Elena hizo acopio de toda su paciencia. Algo llamó la atención de ella. Gabriel se acercó corriendo y le dijo.

—No hay tiempo que perder. Dame tu mano.

Rosa Elena extendió su mano derecha y Gabriel la sujetó fuerte. Con la otra mano, Gabriel tomó a Raulito. Ella no pudo advertir los detalles del viaje. De repente, se vio en la casa de madera de su ensueño. Soltó la mano de Gabriel y buscó desesperadamente a Raulito hasta cuando lo vio sentado en la sala conversando con Tota y Esilda. A esas personas ella las había conocido y ahora estaban conversaban animadamente con su sobrino. ¿Ya se conocen?, se preguntó. Gabriel se aproximó y le explicó que él la había traído antes a esa casa para que se familiarizara con el pasado. Rosa Elena caminó lentamente y se acercó a la sala. Tota fue la primera en notar su presencia. Saludó con mucho cariño y le dijo.

—¡Qué bueno que regresó! La vez pasada me hiciste reír de lo lindo con tus ocurrencias. Ya conocimos a tu sobrino y a su amigo Gabriel. Son de lo más simpáticos. Estoy feliz de que los hayas traído, así Santiaguito va a tener con quién jugar.

Rosa Elena se acercó lentamente y cayó pesadamente en una de las sillas. No entendía cómo era posible que Tota pudiera ver a Gabriel.

—Tota, ¿no se ha dado cuenta del parecido de Raulito con Santiaguito?

—Claro que sí. ¿Me lo puedes explicar?

—No puedo, si lo hago, pensará que estoy desequilibrada.

Rosa Elena se levantó de la silla y recogió un almanaque que estaba sobre la mesa de centro. Estuvo a punto de caerse de bruces. Se apoyó del marco de la ventana y preguntó.

—¿Esta es la fecha de hoy?

—Tú y las fechas —respondió Tota.

Rosa Elena se negaba a creer lo que sus ojos veían. La fecha era 5 de mayo de 1914. La garganta la tenía seca. Pidió agua y le trajeron un vaso de agua a temperatura ambiente. Se mojó los labios y expresó.

—No tienen agua fría.

—¿Agua fría? —preguntó Tota.

—No me digan que no tienen refrigerador.

En ese momento Gabriel la interrumpió. La tomó de la mano y se la llevó para el balcón.

—No insistas en complicar la situación. Te lo voy a explicar una vez más. Hemos hecho un viaje en el tiempo. Estamos en el año 1914 y no pretendas disfrutar de la tecnología del siglo veintiuno.

—Gabriel, quiero saber por qué razón Tota y Esilda te pueden ver.

—Porque así es mi deseo.

Rosa Elena había perdido la perspectiva. La dominaba el mal humor y se sentía insegura. Se acercó a Gabriel y le respondió.

—Gabriel, ¿cuál es el motivo de este viaje?

Gabriel bajó la voz que casi no se le oía y contestó.

—Raulito quería conocer a su abuelito y yo quise que fuera cuando Santiago tenía su misma edad para que puedan compartir sus sentimientos de una manera más adecuada. Además, Raulito le puede dar apoyo y consuelo a su abuelito, sobre todo en estos momentos que tanto lo necesita.

—¿Por qué este viaje en el tiempo?

—Rosa Elena, de todas formas, para que Raulito conociera a su abuelito, nosotros teníamos que viajar en el tiempo. Recuerda que Santiago murió hace veintiocho años.

—Creo comprender un poco mejor, pero por qué ese año en particular.

—Pues ese año murió la mamá de Santiago y él va a estar acongojado.

—No crees que esto sea un sufrimiento innecesario para Raulito.

—No lo subestimes que tú nunca lo has hecho. Raulito es un niño fuerte y cálido, te aseguro que será de gran consuelo para su abuelito.

Rosa Elena sonrió, regresó a la sala y se unió a la conversación de Tota, Esilda y Raulito. En ese momento se oyó que alguien subía las escaleras corriendo. Tota se levantó rápidamente de su silla y salió de la sala. En pocos minutos llegó Santiaguito. El niño se paró justo al lado de Raulito, parecían mellizos. Gabriel le hizo un guiño de ojo a Rosa Elena. Ella se levantó y saludó a Santiaguito.

—¿Me recuerdas?

—Claro que sí, usted es la señora chiflada que dijo que venía del año 2000.

Rosa Elena no contestó, Raulito le dijo a Santiaguito, señalándolo con el dedo.

—No llames chiflada a Memi y sí, venimos del año 2000.

Santiaguito no paraba de reírse. Se ponía coloradito y se ahogaba con la saliva. Tota lo reprendió y dijo.

—Chaguito, por favor pórtate bien con las visitas.

Gabriel se acercó, tomó de la mano a Raulito y le pidió que fuera a jugar con Santiaguito. Los tres niños salieron juntos y las damas se quedaron conversando. Rosa Elena no quitaba el dedo del renglón. Tomó su bolso, buscó un calendario de cartera y se lo mostró a Tota. Ella lo observó cuidadosamente y se percató que era del año 2000. Le bastó una mirada para comprender, habían viajado al pasado. Buscó una jarra con limonada y le sirvió un vaso a la angustiada visitante, ella también se sirvió un vaso. Tomó varios sorbos y dijo.

—Rosa Elena, no puedo creer lo que estoy viendo. No puede ser, estamos en el año 1914 —afirmó Tota.

Rosa Elena sabía que tenía que convencer a Tota de que ellos venían del futuro o mejor dicho, que habían hecho un viaje al pasado. Se acercó a Tota, le acarició la cabeza y espetó.

—Tú viviste en mi casa cuando tenías ochenta y cuatro años.

Tota lanzó una carcajada llena de asombro y perplejidad.

—Niña, a ti solo se te ocurre decir semejante disparate. ¿Cómo que voy a vivir en tu casa a la edad de ochenta y cuatro años, cuando solo tengo veinticinco años?

Una idea llegó a la mente de Rosa Elena. Tota le había hecho muchas confidencias. Anécdotas de su vida que nadie conocía. Por eso se jugó el todo por él todo y afirmó.

—Tota, voy a decir algo que únicamente a mí, tu nieta querida, le contaste. Gaspar Octavio te pretende y tú no lo has aceptado porque tienes el compromiso de criar a diecisiete sobrinos. Él te ha dicho que solo te quedes con Santiago porque su mamá está enferma, que a los demás se los devuelvas a sus padres.

Tota palideció, la impresión fue tan fuerte que no podía hablar y con la mano le hizo una señal a Rosa Elena para que se acercara. Cuando estuvo cerca de ella expresó entre sollozos.

—Tú no puedes saber eso. Hace tres meses Gaspar Octavio me confesó su amor y no sabes cuánto lamento que él no haya querido aceptar a mis diecisiete sobrinos. Lo quiero tanto. Mi madre nunca lo aceptó por el color de su piel. Lo llamaba el mulato, pero me enamoré de su alma, de su facilidad de expresión y de su poesía.

Tota hizo una pausa para recuperar el aliento.

—Cuando te enamoras del aspecto físico de una persona, puede ser fácil olvidarlo, pero cuando te enamoras de su alma y de la inteligencia del ser amado, ese sentimiento te acompañará hasta la muerte, porque ese amor es eterno. Mi madre murió hace unos meses y Gaspar Octavio me hizo unos versos bellos. La poesía se llama: «La Dama Enlutada». Cada vez que escucho sus palabras siento que trasciendo a un mundo maravilloso, lleno de seducción y de embrujo. Al conversar siento que el tiempo se detiene. Me gustaría oír su voz por el resto de mi vida. Sin embargo, estoy dispuesta por mis niños a sacrificar el amor de mi vida. Ellos me necesitan y nunca, bajo ningún concepto, sería capaz de abandonarlos ni de repartirlos a esas madres que nunca se han interesado por el bienestar de ellos.

Tota dejó de hablar. Parecía ausente. Rosa Elena la llamó varias veces. Al fin ella reaccionó y pareció ponerle atención. Recordó cómo su abuela nunca pudo olvidar ese amor. Siempre se sintió resentida con su madre Josefa, ella era una mujer racista y dominante. No permitió que su hija tuviera una relación sentimental con un hombre moreno. Tota sacó a Rosa Elena de sus reflexiones y afirmó.

—Una vez más te digo que no entiendo por qué razón tienes toda esa información.

—Tota, Tú misma me la diste y te la he mencionado para que no tengas dudas, confíes en mí y me ayudes a manejar esta delicada situación. Además, también me contaste la dinastía de nuestro apellido.

Rosa Elena hizo una pausa y continuó.

—Me comentaste que el apellido Tapia se remonta a la época de los reyes de España, que uno de los descendientes de mi abuelo, oriundo de Cataluña, era condestable del Rey y como eran varios hermanos, siendo él el mayor de los hijos, heredó la mayoría de las tierras y el título nobiliario; y como tenía un gran espíritu aventurero le vendió a su hermano menor el título y las propiedades que le pertenecían. Unos días después salió en busca de riquezas al nuevo continente. Llegó a la ciudad de Panamá y se trasladó a la región de Aguadulce. En ese lugar estableció una de las primeras salinas en el siglo XVII, tenía bajo su mando gran cantidad de esclavos. Hizo una enorme fortuna y tuvo muchos hijos. De él descienden casi todos los que tienen nuestro apellido en Panamá.

Rosa Elena no pudo ser más convincente. A Tota no le quedaba ninguna duda. Esta mujer, de cincuenta años, era su nieta, la hija de Santiago. Ella había tenido la facultad junto con sus acompañantes de viajar al pasado. Tota guardó silencio mientras analizaba la inesperada situación. Rosa Elena la observó calladamente, admiraba en ella, su férrea determinación y su espíritu de sacrificio, renunció al hombre que amaba para cuidar a sus niños, no obstante, nunca olvidó al poeta que despertó en ella ese sentimiento tan cálido y profundo. Rosa Elena bajó el tono de su voz, casi no se le oía y afirmó.

—Tota, no sé si esta información que te voy a dar

pueda atenuar el dolor que sentirás, pero como conozco los hechos quiero que sepas algo importante para que no sufras con relación a la proposición de Gaspar Octavio, hiciste lo correcto. Tú no serías feliz lejos de tus niños.

Tota le explicó a Rosa Elena que Santiaguito desconocía lo de la muerte de su madre. Ellas le habían dicho que estaban de luto por los bomberos.

—¿De los bomberos? —preguntó Rosa Elena extrañada,

—En la madrugada de hoy hubo un incendio grande debido a la explosión de los depósitos «El Polvorín» lugar donde se mantenían las municiones y materiales explosivos. Ha sido una tragedia que dejó como saldo la muerte de seis bomberos.

Tota se levantó, buscó el periódico «La Estrella de Panamá» y leyó los nombres de las víctimas.

—Félix Antonio Álvarez, Luis de Basach, Luis Bautista Beltrán, Luis Darío Buitrago, Faustino Rueda y Alonso Teleche. También hubo varios heridos —agregó.

—Tota, ¿dónde estaba ubicado el depósito que se incendió?

—En la calle tercera, Calidonia.

Tota permaneció callada por unos minutos, todavía estaba afectada por la tragedia, este trágico accidente lesionó y cegó la vida de hombres heroicos que cumplían con su deber. Esilda estaba tan atareada arreglando la casa que no le dio mucha importancia a la plática de estas dos mujeres y prefirió dejarlas solas. Rosa Elena continuó su conversación con Tota. Ella parecía interesada en los pormenores que su nieta le revelaba.

—Tota, han pasado ochenta y seis años y todavía se les rinde homenaje póstumo a esos héroes. Todos los años, en esa fecha, la institución bomberil saluda a esos hombres que perdieron la vida en cumplimiento de su deber.

Rosa Elena se levantó y se despidió de las dos hermanas. Tenía que buscar a Raulito y a Gabriel que habían salido en compañía de Santiaguito a jugar por los alrededores. Todavía no se había acostumbrado a la idea que en esos años los niños podían jugar en la calle sin ningún riesgo. Bajó las escaleras y cruzó la calle. Frente a la casa de Tota había una cantina y en la planta baja del edificio una abarrotería, en la esquina había un parque y allí estaban jugando los niños. Más que un parque era una plaza. Tota la había seguido y colocándose a su lado le expresó.

—Esta plaza es el epicentro de la vida política del pueblo. Este sitio se convierte en centro de combate, es una trinchera donde la gente humilde se defiende a palos y pedradas. Varias veces he participado tirando objetos desde el balcón de mi casa a los miembros del ejército cuando incursionaban en los predios del arrabal.

—Conozco tu valor y hazañas, me las contaste cuando vivías en mi casa.

Cada vez que Rosa Elena veía a ese niño le parecía que estaba desvariando. Un niño de cinco años y era el padre de una mujer de cincuenta años. Al acercarse se percató de que Santiaguito lloraba desconsoladamente, Raulito y Gabriel también lo hacían. Se alarmó enormemente y preguntó.

—¿Qué les sucede a ustedes? ¿Por qué lloran?

Ninguno de los tres niños contestó. Rosa Elena alzó el tono de la voz y ordenó.

—Me van a decir de inmediato qué es lo que está pasando.

El primero en hablar entre sollozos fue Santiaguito.

—Rosa Elena, mis amiguitos del parque me han dicho que yo no estoy de luto de los bomberos, sino que estoy de luto de mi mamá, porque ella se murió. Yo sé que estaba enferma, pero Tota y Esilda me dijeron que la llevaron a una casa de campo para que se restableciera. Y ahora me entero de que mi mamá está muerta.

Rosa Elena sintió que el corazón se le desgarraba. La consternación la afectó intensamente, pues no tenía palabras de consuelo para mitigar el dolor del sufrido niño. Raulito intervino y afirmó.

—Santiaguito, no tienes que desesperarte. Tu mamá estaba enferma y Diosito se la llevó para el cielo. Además, tus tías Tota y Esilda te cuidarán y tú nunca vas a estar solo.

Gabriel contemplaba la escena, complacido. Él siempre tuvo fe en la capacidad de Raulito para dar amor y consuelo al necesitado, por esa razón había hecho este viaje al pasado, para que él pudiera comprender y solidarizarse con el dolor de sus seres queridos. Santiaguito se acercó a Raulito y le preguntó.

—¿Cómo sabes tú todo esto?

Raulito lo abrazó fuertemente y afirmó.

—¡Porque soy tu nieto!

Santiaguito que hasta ese momento estaba llorando, comenzó a reírse a carcajada y contestó.

—Eres un niño loco, pero me diviertes y haces que se me olvide toda esa tristeza por la muerte de mi mamá.

Rosa Elena intervino para explicarle al niño lo complejo de la situación.

—Santiaguito, quiero que pongas mucha atención, te voy a explicar todo este enredo para que lo puedas entender. Lo que te ha dicho Raulito es verdad. Venimos del futuro, y para nosotros este es el pasado. Tú creces y cuando eres grande te casas con una mujer maravillosa y tienes seis hijos. Yo soy una de ellas. Raulito es hijo de uno de tus hijos, que lleva tu mismo nombre, porque, aunque a ti te llamen Santiaguito, tu nombre es Raúl Santiago. El niño dejó de reírse y dijo.

—Creo que estoy entendiendo. Ustedes viajaron al

pasado para que mi nieto que es un niño de mi misma edad me confortara.

Rosa Elena se alegró mucho, creía que Santiaguito estaba entendiendo. Se desengañó rápidamente cuando observó que Santiaguito se reía y reía. Entre risas y gritos, el niño señaló.

—¡Tengo un nieto de cinco años y una hija de cincuenta, ja, ja!

Rosa Elena no sabía cómo convencer al niño para que le creyera. Tendría que usar la misma táctica que con Tota. Lo miró fijamente y le dijo.

—Te daré una prueba de que conozco tu vida. ¿Recuerdas que el día que te conocí solo estaba con tus tías?

—Sí, lo recuerdo.

—Bueno, te hablaré de tu papá y de tu padrino.

El niño permaneció callado para ver que le decía la simpática señora. Rosa Elena continuó.

—Tu padre se llama Santiago y es dueño de muchos coches y tiene muchos empleados a sus órdenes. Además, tu padrino se llama Abelardo y es el esposo de Esilda.

Santiaguito saltó, hizo un ademán de sorpresa e indicó.

—Todo lo que has dicho es cierto. ¿Cómo sabes todo eso?

—Porque soy tu hija y tú mismo me lo contaste muchas veces.

—No te creo —respondió Santiaguito.

Rosa Elena buscó en su mente alguna anécdota que le contara su padre. Una llegó a su mente y casi gritando dijo.

—Con esto si vas a quedar convencido. En una ocasión tu padre, que se dedica a la cría de gallos finos, le envío a Tota cuatro gallos de pelea que eran caros, y había que prepararlos para una pelea importante. Tota no sabía para qué los quería tu papá e hizo un sancocho con los gallos. Tu padre se enojó mucho y le dijo a Tota que para la gallina ella era como una zorra.

Santiaguito comenzó a celebrar la anécdota riéndose hasta más no poder y afirmó.

—Eso pasó la semana pasada. Debe ser cierto lo que me has contado. De lo contrario, no tendrías tantos detalles sobre la vida de mi familia.

Enfrascada en la conversación, Rosa Elena observa de pronto a un hombre joven, de piel negra y cabellos despeinados, que empujaba una carretilla con frutas y verduras, se aproxima a Chaguito y comienza a conversar animadamente. Rosa Elena lo reconoce. Es el señor que le vendía las frutas a Tota y ella lo conoció cuando apenas era una niña. Toma a Chaguito por un brazo y afirma.

—De niña lo conocí. Su apodo es *Saldepson*, él le vende las frutas y verduras a Tota.

El carretillero mira de hito en hito a Rosa Elena y riéndose escandalosamente expresa.

—¡Ella está chiflada! ¡Cómo es posible que diga que me conoció de niña, si es más vieja que yo!

Santiaguito se acercó a Raulito y observó el parecido que tenían entre ellos. Viéndolos uno al lado del otro, eran pocas las diferencias. Lo abrazó y expresó.

—¡Qué bueno es tener un nieto de tu misma edad! ¡Ven a jugar con tu abuelo!

Raulito estaba divertido y volteando el rostro hacia donde estaba Gabriel, le dijo.

—Gracias, amigo, por traerme a visitar a mi abuelito, he sido feliz y he podido consolarlo en estos momentos de tanta angustia.

Los tres niños se abrazaron y continuaron sus juegos animados. Rosa Elena admiraba la capacidad mágica de los niños de dejar en suspenso las dificultades, las tristezas, los problemas que enfrentan en sus vidas y darse permiso para disfrutar de los juegos, para entregarse a ellos. Los niños no han perdido la capacidad de saber vivir el ahora, sin recordar con dolor el ayer, ni preocuparse por el futuro.

Tota descansaba en una banca del parque, se levanta rápidamente, estremece a Rosa Elena y le habla al oído.

—Viene Gaspar Octavio.

Rosa Elena gira lentamente la cabeza y quedaba impresionada. Un hombre moreno de mediana estatura y vivaces ojos negros, le sonríe y se acerca a Tota. La besa ligeramente en la mejilla y expresa.

—¡Cada día está más bella la dama de mis sueños!

Tota sonríe y le presenta a su compañera. Gaspar Octavio inclina la cabeza y deposita un beso en la mano temblorosa de Rosa Elena, quien expresa.

—Nunca pensé que lo conocería personalmente, siento gran admiración por su legado, en mis clases de literatura usted era mi autor preferido porque es el poeta de la nacionalidad.

Gaspar Octavio estaba desconcertado y objetó.

—Mis poesías casi nadie las conoce. ¿Cómo es posible que me hable de ellas? Es más, no se han publicado. El próximo año pienso hacerlo.

Rosa Elena, entusiasmada, no tomó en cuenta las palabras del poeta y le dijo a Raulito.

—Es un privilegio que conozcas a este señor. Por muchos años se va a hablar de él y de su creación literaria.

Raulito le dio la mano a Gaspar Octavio y continuó con sus juegos. El desconcierto de Gaspar Octavio fue de tal magnitud que Tota tuvo que intervenir y le dijo que su amiga Rosa Elena era vidente y que ya le había pronosticado varios eventos futuros. Gaspar Octavio, no convencido, sonríe y se despide de ellas.

A la hora del almuerzo subieron a la casa. Esilda los estaba esperando y los invitó a comer. La comida estaba deliciosa y Rosa Elena comentó.

—Tota, tú siempre has cocinado sabroso. Siempre me gustó tu sopa de albóndigas.

Esilda miró a Rosa Elena sorprendida. Eso hizo que ella reaccionara y se diera cuenta de que había cometido una indiscreción. Corrigió de inmediato y afirmó.

—Bueno, Tota, como tú me contaste cómo hacías la sopa, casi sentí que la probaba.

Terminaron de almorzar y Tota les ordenó a los niños hacer su siesta. Media hora antes habían llegado los otros dieciséis niños. Entre ellos, Rosa Elena pudo reconocer a su tía Emilia y a su tía Ana Isabel. También conoció a Abelardo, el esposo de Esilda, al que ella cuando era una niña llamaba Abuelito. Conversó con Abelardo por varios minutos y enseguida congeniaron. No quiso decirle la verdad, ya que, Tota le había comentado que Abelardo era un hombre escéptico y solo creía lo que veía. Los niños se retiraron a descansar y como a las tres de la tarde se levantaron. Rosa Elena los dejó jugar un momento más y les advirtió que a las seis y treinta de la tarde regresarían a casa. Ellos aceptaron y salieron al parque.

Tota convenció a Rosa Elena para que fueran a pasear en coche y llevaran a los niños. En las últimas horas de la tarde la ciudad alcanza su plenitud. Es la hora de la elegancia y del glamur. Para que Rosa Elena no desentonara con su vestido moderno, Tota le consiguió uno prestado de Esilda que era de la misma talla, le quedó a la perfección, ella conservaba una figura esbelta y elegante. Tota y Rosa Elena se veían bellísimas con sus trajes largos y sombreros de ala ancha. Raulito al observarlas comentó que parecían artistas de películas antiguas.

Abordaron el coche en la plaza de Santa Ana y Tota le pidió al conductor que les diera un paseo por el arrabal, que comprendía el barrio de Santa Ana, Malambo y Calidonia. Ese era el sitio más populoso de la ciudad, la mayoría de las casas eran de madera. El arrabal también tenía clases sociales, entre ellas la de los intelectuales, todos miembros del partido liberal, quienes acudían a las tertulias para ventilar los problemas políticos del momento. Tota le comenta a Rosa Elena lo divertida que era las fiestas de carnaval donde no faltaba un buen sancocho y un buen ron. Además, agregó.

—Las corridas de toros también son festivas, pero la semana pasada la fuerza nacional tuvo que entrar en el arrabal para sofocar una pelea callejera.

Raulito grita y pregunta al ver el tranvía pasar.

—Memi, ¿qué clase de carro es ese?

—No es un carro, es un tranvía, algo así como un tren —responde Rosa Elena.

Tota les muestra El Teatro Aurora, la primera sala cinematográfica que funcionó en la ciudad. También les señaló la Cantina La Plata, sitio de reuniones de los dirigentes del liberalismo. El conductor los llevó a lo largo de la avenida Central, centro de la actividad comercial del barrio de Santa Ana. Rosa Elena le pide al conductor que las lleve a la calle 13, lugar en donde de pequeña vivió su mamá. Raulito entusiasmado, pregunta.

—¿Veremos a mi abuelita Rosa?

—Ella todavía no ha nacido —contesta Rosa Elena.

El conductor voltea al rostro para mirar a los pasajeros y afirma.

—Espero, niña Tota, que sus invitados no estén locos.

Todos soltamos la carcajada y el más divertido parecía ser Chaguito. Tota no contestó, se limitó a decirle al conductor que los llevara a calle 13 y que también los pasara por la calle de Salsipuedes. Los visitantes curiosean los puestos de ventas del lugar y compran algunos artículos de recuerdos. Había mercancías tan diversas como sofisticadas. Raulito nunca había visto algo parecido y estaba encantado.

Se hacía tarde y Tota le solicita a Rosa Elena que regresen otro día para poderlos llevar de paseo a Las Sabanas, ese es un sitio de esparcimiento en medio del bosque, en donde hay elegantes residencias de reposo. Es un camino largo a través de la floresta donde abundan los árboles inmensos. Los más bellos son los corotúes, los aspavé y el árbol Panamá. Camino a casa, Tota llevó a sus acompañantes a visitar el Teatro Variedades, otro de los locales de espectáculo y esparcimiento. Una construcción neoclásica con materiales traídos de Francia con capacidad para ochocientas personas sentadas. Terminado el paseo, Tota le pagó al conductor el importe adeudado.

Rosa Elena sintió añoranza, viajaba a un pasado conocido por el relato de sus antepasados, pero una cosa es el relato y otra distinta las vivencias que había experimentado, las mismas habían dejado una huella profunda en su corazón, no obstante, sintió que al consolar a sus seres queridos en cierta forma aliviaba su propio dolor.

Eran pasadas las 6.50 de la tarde cuando llegó la hora de partir, Rosa Elena se despidió de toda la familia y en especial de Santiaguito, quien le pidió.

—Rosa Elena, por favor no se vaya, la quiero mucho. ¿Por qué no se quedan a vivir conmigo?

—No puedo mi amor. Tú sabes las razones.

—¿Puedo ir con ustedes? —preguntó Santiaguito.

—Tampoco mi amor —contestó Rosa Elena entre sollozos.

Raulito consternado observaba la conmovedora escena. Se acercó y tomó por la mano a Santiaguito y le dijo.

—No te preocupes, siempre podrás contar con nosotros. Cada vez que nos necesites, me avisas y Gabriel, mi amigo mago, nos traerá a mí y a mi tía Memi.

—¿Cómo les voy a avisar? —acotó Santiaguito.

—Envíanos mensaje a través de los sueños.

—No sé cómo hacerlo.

—Te explicaré. Cuando te estés quedando dormido, piensa en nosotros y te aseguro que soñaremos contigo.

—Así será fácil. Gracias, Raulito, me has dado buena idea.

Los dos niños se abrazaron, unieron sus sentimientos y anhelos e hicieron un pacto de amor. Rosa Elena besó a Santiaguito varias veces y se despidió de los demás. Gabriel desde las escaleras sonreía y saludaba con ambas manos. Tota llamó a Rosa Elena, pues estaba interesada en saber de su futuro. La tomó del brazo y la llevó a su habitación. La abordó sin rodeos y le preguntó.

—Rosa Elena, quiero saber si me caso. Si formo mi propia familia.

Rosa Elena abrazó a Tota. Siempre admiró a esa mujer tan valerosa y decidida. Bajando el tono de la voz le contestó.

—Tota, nunca lograste olvidar a Gaspar Octavio. Además, no ibas a descuidar a tus hijos adoptivos, por estar buscando marido. Abelardo te ayudará en la crianza de los niños. No temas, nunca vas a estar sola y siempre estarás rodeada de amor. No diré nada más porque entonces la vida perdería su atractivo.

Tota se despide de su nieta y la besa en la mejilla. Al salir de la casa de Tota, Rosa Elena sintió que parte de ella quedaba en esa casa. Dio una última mirada y observó a toda la familia. En unos años, Gaspar Octavio, el pretendiente de Tota, morirá, lo mismo que Esilda y Santiago, el padre de Santiaguito. En pocos años morirían muchas personas en esa familia. Sin embargo, Rosa Elena sabía que ellos serían capaces de superar el dolor y ser felices. Cuando bajaban la escalera, Rosa Elena sintió una fuerte sacudida, la visión se le nubló. Cuando recuperó el control estaba en el cuarto de Raulito jugando carritos con él. Se sentía desconcertada. Le preguntó a Raulito.

—¿Te acuerdas de Santiaguito?

—Sí, es el niño que fuimos a visitar con Gabriel.

—¿Qué más recuerdas?

—Que se le murió la mamá y que Tota y Esilda lo cuidarán. Además, era mi abuelo, pero en su niñez.

Rosa Elena se sintió aliviada. Ella creía que había tenido una alucinación. En ese momento sintió que alguien le tocaba la espalda. Era Gabriel con una enorme sonrisa. Rosa Elena le acarició los cabellos y afirmó.

—Gracias, querido, eres encantador.

Gabriel se acercó y la besó varias veces. Raulito tenía la puerta cerrada con llave y Aileen tocó la puerta para avisarles que el almuerzo estaba listo. Raulito le dijo que ya había comido donde Tota.

—¿Dónde Tota? —preguntó Aileen.

Rosa Elena salvó la situación y afirmó.

—Jugábamos y le dije a Raulito que mi abuela Tota cocinaba rico.

Aileen aceptó la respuesta de Rosa Elena y cambió de tema. Una hora después del almuerzo, Rosa Elena se retiró y salió para su casa. Al llegar se fue directo a su habitación y se acostó. Las actividades fueron de lo más extenuantes, y emocionalmente había experimentado cambios tan inexplicables que ella temía que toda esa situación fuera a tener consecuencias lamentables. No sabía a ciencia cierta si los hechos que recordaba habían pasado o eran producto de un sueño. El único que le podía aclarar todo era Gabriel.

Rosa Elena durmió por varias horas. La despertó el timbre del teléfono. Era Raulito para preguntarle el nombre de su bisabuela, la tía de Santiaguito que le había brindado la sopa de albóndigas. Al escuchar a su sobrino Rosa Elena salió de dudas. Los eventos que ella recordaba habían pasado realmente. Lo que no comprendía era cómo ellos llegaron al cuarto de Raulito. Gabriel le daría una explicación coherente. Le solicitó a Raulito que le pidiera a Gabriel que la visitara. Como a las dos horas, Rosa Elena miraba el paisaje y observó que Gabriel entraba a la casa por la ventana. Entre divertida y extrañada preguntó.

—Gabriel, ¿por qué razón no entras por la puerta?

—Lo hago para que sepas que soy diferente y no olvides que tengo poderes.

—Gabriel, ¿cómo es que llegamos a la habitación de Raulito? Tengo una laguna mental entre la salida de la casa de Tota y Esilda y la llegada a la habitación de Raulito.

—Hay eventos que escapan a la comprensión de los humanos. Es mejor que aceptes el hecho sin cuestionarlo. Sería difícil explicártelo.

—Por lo menos inténtalo. Soy una mujer inteligente, modestia aparte.

—Bueno, trataré. Rosa Elena, ese viaje lo hicimos al pasado y ese tiempo no cuenta en el presente. Por esa razón, de la casa de Tota quedamos en la habitación de Raulito. No obstante, es importante no demorarnos mucho en nuestras travesías, pues se podría dar el caso de que alguien nos busque y no nos encuentre.

—Ahora sí comprendo. No es tan difícil

Gabriel se acercó a Rosa Elena, le tomó por las manos y la abrazó. Ella le correspondió. Gabriel había conquistado su corazón. Lo quería muchísimo. A pesar de sentirse tan confundida, tenía la seguridad que la llegada de Gabriel a sus vidas iba a ser beneficiosa. Todavía no entendía muchas cosas, pero esta vez se dejaría guiar por su poderosa intuición. Además, Raulito irradiaba felicidad con su nuevo amigo. En ese momento Gabriel la sacó de sus cavilaciones y le preguntó.

—Tía Memi, ¿deseas pedirme alguna explicación?

Rosa Elena no sabía qué decir. Las circunstancias eran tan complicadas que sería mejor ir despacio para no perturbarse más de la cuenta.

—Querido, por ahora no voy a pedirte ninguna explicación, solo te voy a solicitar que me digas cuál es el objetivo de toda esta anómala situación.

Gabriel era un niño, si se le puede llamar niño, paciente, le sonrió a Rosa Elena y expresó.

—Recuerda que ustedes me convocaron y cuando esta magia se produce siempre tiene como objetivos que las personas involucradas crezcan en amor y comprensión. Después de esta experiencia, tú y Raulito jamás volverán a ser los mismos. Este trabajo de amor y solidaridad que estamos haciendo cambiará sus vidas y las de las personas que los rodean.

Rosa Elena captó el mensaje de Gabriel. Ella sabía por experiencias anteriores que nada en este mundo pasa por casualidad. Se aproximó a Gabriel y lo abrazó, Él correspondió con el mismo cariño que ella le demostraba. Antes de despedirse le gastó una broma: le dio un huevo de una gallina.

—¿De dónde sacaste ese huevo?

—Soy mago —dijo Gabriel entre carcajadas.

Esta vez Gabriel salió por la puerta principal y Rosa Elena observó que esperaba el ascensor. Salió al pasillo y cuando se abrió el ascensor vio a, su amiga y vecina, Magda Lida, que bajaba del área social. La saludó y le preguntó.

—¿Puedes ver a Gabriel?

—¿Quién es Gabriel?

Rosa Elena miró dentro del ascensor y vio cómo Gabriel se mofaba de ellas. La cara de espanto de su amiga ante su silencio le parecía a Gabriel de lo más divertida. Rosa Elena reaccionó y afirmó.

—No me hagas caso, es que estoy desarrollando el tema de mi próxima novela y en ocasiones me involucro tanto que pienso que mis narraciones son parte de la realidad.

Magda Lida hizo una señal de comprensión con la cabeza. Ella conocía de antemano la costumbre de su amiga de vivir sus novelas. Reconocía su gran imaginación y creatividad. La puerta del ascensor se cerró y Gabriel le dijo adiós con la mano a Rosa Elena.

CAPÍTULO 4

El timbre de la puerta interrumpió el descanso de Rosa Elena. Le sorprendió que Elsie no anunciara su visita.

—¿Qué te trae por mi casa? ¡No me asustes!

—La que me tiene atemorizada eres tú. Te conozco perfectamente y sé que te traes algo. Me imagino que es algo gordo cuando no me lo has comentado.

Rosa Elena se acercó a su amiga y la invitó a sentarse. Le brindó un café y le expresó.

—Elsie, querida amiga, voy a pedirte que tengas mucha paciencia. Pronto, pronto estaré en condiciones de contarte ciertas vivencias extrañas, pero ahora en este momento no puedo hacerlo. Necesito de tu comprensión y confianza.

Elsie permaneció callada, después de un prolongado silencio que Rosa Elena respetó.

—Querida, cuentas con mi comprensión y confianza. En el momento que juzgues conveniente quiero que sepas que estoy para escucharte y ayudarte en todo lo que pueda. Al despedirse, Elsie volvió a confirmarle que siempre y en todo momento podía contar con su ayuda y discreción.

Los días pasaron con bastante normalidad. Cuando llegó el sábado ya Rosa Elena se sentía más tranquila. Visitaría a Raulito y vería qué nueva locura tenía Gabriel preparada. Cuando llegó a la casa de su sobrino, la recibió Aileen ya vestida para salir y le preguntó a su cuñada.

—¿No te importaría quedarte con Raulito?

Raulito en ese momento entraba a la sala y no dejó que Rosa Elena contestara cuando afirmó.

—No te preocupes, Mami, me puedo quedar perfectamente con Memi.

Aileen pareció sospechar y observó el cruce de miradas entre su cuñada y su hijo.

—¡Parecen unos conspiradores!

—Rosa Elena le hizo un guiño de ojos a Raulito y dijo.

¡Ni te lo imaginas!

Aileen no tenía tiempo para descifrar las locuras de ese par de confabulados. Se despidió pidiéndoles que le contaran sus aventuras a su regreso. Cuando estuvieron solos, Raulito tomó de la mano a Rosa Elena y la condujo hasta su habitación. En la misma estaba Gabriel esperándolos. Rosa Elena lo saludó como de costumbre y Gabriel se apresuró a contarle sus planes.

—Memi, hoy vamos a hacer un viaje indescriptible.

Rosa Elena no pudo contestar. En fracción de segundo se vio en una casa vieja y humilde. Algo había en ella que le recordaba su niñez. De pronto la reconoció. Era el hogar donde ella había vivido cuando tenía la edad de Raulito. Gabriel la llamaba desde una de las habitaciones de la vieja casa. Tomó de la mano a Raulito y avanzó hacia esa dirección. Entró en la recámara y casi sufre un síncope. En la habitación había cinco camitas sencillas, en una de las camas estaba una niña de cabellos rubios y mirada triste, tosía constantemente. Rosa Elena se acercó y observó a la niña. El llanto cubrió sus mejillas. La niña era ella a la edad de cinco años.

Raulito se acercó a la niña y le preguntó.

—¿Cómo te llamas?

—Memi —respondió la niña entre sollozos.

—¿Por qué lloras? —preguntó Raulito.

—Estoy enferma y me siento sola.

Gabriel se acercó a Raulito y le explicó.

—Raulito esa es tu tía Memi cuando tenía tu edad y en ese tiempo su salud no andaba bien.

Raulito miró a Rosa Elena y le dijo.

—Memi, ¿esa eres tú cuando estabas chiquita?

Rosa Elena asintió con la cabeza. Raulito se acercó a la niña y la besó en la mejilla. Ella se levantó de la cama y abrazó fuerte a Raulito y afirmó.

—¡Te pareces a mi hermano Raúl!

Raulito lleno de motivos, le explicó.

—Como no me voy a parecer si soy su hijo.

La niña soltó una carcajada y hacía señas con la mano de que Raulito estaba loco.

Rosa Elena se acercó a la niña y trató de explicarle.

—Raulito te ha dicho la verdad. Tú y yo somos la misma persona.

—¿Qué dice usted, señora?

—Es complicado, confórmate con saber que vas a poder superar tu enfermedad y que cuando tengas cincuenta años serás como yo.

—Señora, ¿usted conoce el futuro como esa gente que lee la baraja?

Rosa Elena no encontraba una coherente explicación. Era mejor darle a la niña una figura conocida. Por esa razón le dijo a la niña que sí. Los tres niños se fueron al patio a jugar. A Memi no le permitían agitarse por el problema de asma. Rosa Elena le daría la oportunidad de jugar por un rato. «¡Qué triste es la vida de un niño que le impiden jugar!», pensó. En cuestión de minutos llegaban hasta ella las risas de los niños. Se recostó en la camita de Memi. Apenas había pasado media hora cuando una mujer rubia, alta y bella entró a la habitación. Rosa Elena la reconoció de inmediato, era Rosa, su madre. No pudo contenerse, se levantó y la abrazó. Rosa angustiada le dijo.

—¿Quién es usted y cómo ha entrado a mi casa? ¿Dónde está Memi?

—No se preocupe, ella está jugando en el patio.

—¡Ella no puede jugar! —exclamó preocupada.

Rosa Elena habló despacio para que su madre pudiera entenderla.

—Señora Rosa, no se alarme, sé su nombre. Vinimos a visitar a Memi porque ella está triste y sola por su enfermedad. Sé que usted la quiere mucho y la cuida con esmero, pero voy a pedirle que por absurdo que le resulte mi relato no me interrumpa.

Rosa Elena pensó en las palabras adecuadas y recordó la forma como ella convenció a Tota. Una vez más usaría el mismo método. A su mente llegó una guaracha de finales de los años cuarenta que les cantaba su madre en las reuniones familiares y comenzó a cantarla:

—Ya no es Silverio, ya no es Facundo/ Si no es la luna ahora quien será/ Ahora es Chagüita que me tiene loca, loca, loca de verdad/ Ahora de noche se me va para la pelota/ Y yo de mentecato cuidando a los perros, espantando a los gatos/ Y cuando llega al rato ya es de madrugada/ A esa hora se pone esa maldita a contarme sus cuitas/ que si soy almendarita, que cuchi, cuchi, cuchi que chiqui, chiqui, chiqui/ Que tengo que decirle tres barbaridades/ Está bueno ya, de pelota, no me hables más, ya, ya, ya/ Ahí salí de Guatemala, entré en guatepeor/ Que mujer más bandolera, no me deja descansar se forma la pelotera/ Y le tengo que gritar, está bueno ya, no me hables más, de pelota, ya, ya, ya/ Ahí salí de Guatemala entré en guatepeor/ Cuando se murió Dolores, murió, murió siendo señorita/ Murió sin tener amores, cero hit, cero carrera, cero error/ Que si soy almendarita que cuchi, cuchi, cuchi que chiqui, chiqui, chiqui/ Que tengo que decirle tres barbaridades/ Está bueno ya, de pelota, no me hables más, ya, ya, ya/ Ahí salí de Guatemala, entré en guatepeor.

Rosa se había unido a la canción; madre e hija expresaban mucha alegría. Al terminar la canción, Rosa concluyó con las palabras de siempre.

—¡Se cansa una!

Rosa Elena recordó que cuando ella tenía tres años añadía un término que nada tenía que ver con la canción.

—Sí, se cansa una del «pipí».

Rosa recordó lo mucho que Santiago, su esposo, había celebrado la salida de su hija más pequeña. Abrazó a Rosa Elena, la singular visitante se separa y afirma de manera sorpresiva.

—Rosa, prepárese para oír algo insólito y descabellado.

Rosa Elena hizo una pausa. No podía seguir dando rodeos. Le daría la información a su madre y que fuera lo que Dios quiera.

—¡Mami, estoy haciendo un viaje al pasado, soy tu hija Memi!

Rosa se sorprendió tanto que Rosa Elena sintió miedo que le fuera a pasar algo malo. Se acercó a su madre y afirmó.

—Mamá, ten calma y no te exaltes. Te lo explicaré mejor. Raulito el niño que juega con Memi es tu nieto. No lo conociste porque él nació después de tu muerte, pero cuando lo veas no tendrás dudas. Es parecido a tu hijo Raúl.

El mutismo de Rosa asustó a Rosa Elena. Ella sabía que las personas normales no están preparadas para este tipo de información, pero también sabía que su madre era una mujer intuitiva e inteligente. Rosa se acercó a su hija y mirándola fijamente le expresó.

—Te creo, nada es imposible para Dios, pienso que él te envía a cumplir esta misión. Estoy preocupada por Memi. En ocasiones he pensado que en cualquier momento puede morir. Ella está cada día más triste.

Rosa Elena interrumpe a su madre y le explica que no debe preocuparse, pues Memi superará el asma en un par de años.

—¿Cuál es tu nombre?

—Rosa Elena.

—Te llamas igual que mi hija Memi.

—Recuerda soy tu hija Memi.

Madre e hija conversaron por varios minutos sobre sus vivencias y a Rosa no le quedó duda, Rosa Elena era su hija. Ella le pidió que la acompañara a su habitación. En ese cuarto había una peinadora con un gran espejo, paradas una al lado de la otra, la hija con cincuenta años y ella treinta y ocho, el parecido era asombroso. Lo único que Rosa Elena tenía los cabellos un poco más cortos que la madre. Desde el patio, Raulito llamaba a su tía. Rosa Elena les pide a los niños que entren. Cuando Raulito ve a Rosa, corre, lleno de emoción, la abraza y la besa.

—Abuelita querida, solo te conocía por fotografías. ¡Qué bonita eres!

Rosa toma en sus brazos a Raulito, el parecido con su hijo Raúl es asombroso. Estrecha al niño contra su pecho y le dice.

—No sabes cuánto me alegra conocerte. Estoy segura de que de todos mis nietos serás el más guapo.

La niña observa la escena con recelo y le pregunta a Rosa.

—Mami, ese es tu nieto. ¿De quién es hijo?

—De tu hermano Raúl.

—Mi hermano solo tiene siete años y no se ha casado.

Rosa se acerca a la niña para tratar de explicarle.

—Memi, cuando tu hermano esté grande, se va a casar y va a tener varios hijos. Raulito es uno de ellos. Él, y su tía, han venido del futuro.

A la niña no le interesaba mucho esas explicaciones tan complicadas. Ella estaba feliz porque había jugado gran parte de la mañana y quería seguir sus actividades. Rosa, que ya sabía que no tenía que ser tan estricta con el cuidado de su niña, le permitió que jugara un rato más. Madre e hija continuaron sus pláticas. Rosa Elena se negó a contarle el futuro a su madre, sobre todo las partes que podían hacerla sufrir. En ese momento la familia pasaba por grandes problemas económicos. Esta situación inducía a Rosa a ser una mujer ahorrativa, pero también vivía en una constante angustia. Por esa razón, Rosa Elena le comentó.

—Mami, no quiero que te preocupes por el problema económico. Tú sacas adelante a tu familia y tus hijos varones tendrán mucho dinero.

Rosa pareció animarse con la información que le había dado su hija y preguntó.

—Mi hija mayor se deprime sin motivos aparentes. ¿Me puedes decir que sucede con ella?

—Mami, no te voy a contar más. Si conociéramos el futuro en nuestras vidas, esta sería aburrida y carente de atractivo. Además, sufriríamos muchísimo esperando los eventos desafortunados. La información que te di fue para que pudieras constatar que soy tu hija y para eliminar ciertas aprensiones que tienes.

En el patio de la casa jugaban los tres niños. Raulito abrazado a Memi. Adoraba a esa niña que era su tía, pensó, «ella no ha cambiado mucho, cuando juega conmigo es como esa niña de cinco años, alegre, risueña y amorosa».

Gabriel los observaba desde lejos. Nunca había visto a Raulito tan feliz como ahora. En el fondo del patio había un árbol de mangos. Un niño baja del árbol y llama a Memi.

— «Gallo muerto», ven acá.

Raúl, el hermano de Memi, le puso ese apodo porque debido a su enfermedad ella tenía mal semblante y él decía que tenía cara de gallo muerto. Raulito lo vio a distancia y corrió, lo tomó por un brazo y le dijo.

—Tú eres mi papá.

El niño lo empujó que casi lo tumba y le contestó.

—¿Qué te pasa?, ¿estás loco?

Rosa Elena y Rosa se acercaron a Raúl y le explicaron lo acontecido. Él rápidamente comprendió y dejó de hacer preguntas. Hasta en eso Raulito se parecía a su papá. Raúl se unió al juego y así los cuatro niños continuaron su esparcimiento. A la hora de la despedida, Raúl hizo una broma. Se aproximó a Raulito y le dijo.

—Pórtate bien que te lo ordena tu padre.

Raulito entendió la ironía y sonriendo le contestó.

—Sí, Papi, será como tú mandes.

Rosa Elena recorrió el patio en compañía de los niños. La abuelita le mostró a Raulito los árboles frutales que ella con sus propias manos había sembrado. Los árboles tupidos, el olor a tierra mojada, la fragancia de las flores que rodeaban la casa hizo que Raulito quedara maravillado al sentirse en contacto con esa naturaleza que la devastación provocada por la irresponsabilidad ciudadana le había impedido conocer.

La despedida fue tierna y los niños se dieron varios abrazos, Rosa Elena besó varias veces a su madre que le correspondió con el amor de siempre. Rosa Elena quiso saber de su padre y su mamá le informó que había sido despedido, que había viajado a la capital a buscar trabajo y que se había llevado a su hermano mayor para la casa de Tota.

Rosa Elena le comenta a su madre el encuentro con Tota y la forma como ellos consolaron a Santiaguito después de la muerte de su madre. Rosa escucha atenta y le expresa que Gabriel era un angelito que había llegado a la vida de su nieto para enriquecerla con afecto y solidaridad. Antes de retirarse, Rosa mantiene una conversación en privado con Gabriel. Antes de concluir la charla, Rosa Elena interviene y les dice.

—¿De qué hablan ustedes?

Rosa abraza a su hija y le explica que le está dando instrucciones a Gabriel para que cuide a su nieto y lo ayude a manifestar su amor y a comunicarse con sus padres. Raulito no quería partir, él deseaba quedarse un rato más jugando con Memi. La niña tampoco quería que los visitantes se retirarán. Ella había pasado meses, enferma, sola y triste.

Gabriel y Raulito le explican que mejoraría y que pronto se integraría a la vida normal que tienen todos los niños de su edad. Memi quedó convencida de que así sería y prometió eliminar la tristeza y ser una niña feliz.

Rosa Elena, Raulito y Gabriel se tomaron de las manos para regresar al tiempo presente. A los lejos vieron como Rosa, Memi y Raúl les decían adiós y les enviaban besos. Rosa Elena ya no se asustó de ver cómo en un abrir y cerrar de ojos quedaron en la habitación de Raulito. Gabriel y Raulito intercambiaron una sonrisa cómplice. Rosa Elena ya aceptaba las extravagancias de ese niño mágico y encantador. Aileen entra en la habitación de Raulito y pregunta.

—¿Había alguien más con ustedes?

—No hay nadie más —contesta apresuradamente Raulito.

—Me pareció oír otra voz de niño conversando con ustedes.

Rosa Elena cambia enseguida de tema y le pregunta a Aileen si había conseguido el vestido que había salido a comprar.

—No, ninguno me gustó.

Aileen se retira de la habitación y Rosa Elena aprovecha la oportunidad, para recomendarle a Raulito no contar las aventuras de sus viajes al pasado, él acepta y le confiesa a su tía su temor de que cuando sus padres se enteren no les guste la idea y lo obliguen a despedir a Gabriel.

Rosa Elena salió de la casa de Raulito y se dirigió a la Iglesia más cercana. Sentía la necesidad de rezar. Pasó varias horas en oración pidiendo por el descanso de sus seres queridos ya muertos. Llegó a su casa extenuada, pero feliz. Volver a compartir con su madre la colmaba de dicha. También experimentó mucha ternura cuando vio las escenas de Memi con Raulito. Si quisiéramos recuperar la alegría y la felicidad, lo único que nos toca hacer es volver a ser niños. Compartir unos minutos de juegos con Gabriel y Raulito hizo que Memi saliera de ese círculo de tristeza y melancolía y prometiera ser una niña feliz.

Esa semana Rosa Elena no había podido visitar a Raulito. Se sentía indispuesta por una gripe. Pasados tres días recibió una llamada suya.

—Tía, este sábado no puedes faltar. Dice Gabriel que vamos a ir a visitar a mi abuelita Rosa. Ella está enferma.

—No faltaré. Me siento un poco mejor. Cuenten conmigo. Raulito, no vayas a ir solo con Gabriel. Recuerda que somos un equipo.

—Sí, tía, no te preocupes.

Rosa Elena no entendía la razón que tuviera Gabriel para volver a visitar a su madre. No se inquietaría, ya demasiada presión tenía con toda esta historia para añadirle una más.

Rosa Elena no quiso llegar temprano a casa de Raulito para no levantar sospechas. Cuando llegó, Raulito y Gabriel le pidieron que guardara silencio y entrara en la habitación. Una vez en la estancia la tomaron de la mano. Se vio en una casa grande. La reconoció de inmediato, era la casa que Raúl le había regalado a su madre. Ella la conocía perfectamente porque vivió en ese lugar por muchos años, se dirigió en compañía de Raulito y Gabriel a la recámara principal. Acostada en la cama estaba su mamá, la observó envejecida y pálida. Le preguntó a Gabriel.

—¿En qué año estamos?

—En 1986 —respondió Gabriel.

—¿Por qué vinimos?, ¿cuál es la misión?

—Tu madre está a punto de morir y necesita del amor de ustedes para que parta en paz.

Sintió una enorme tristeza. Recordó que el día que murió su madre, por estar tratando de localizar al médico, no le dijo a su madre lo mucho que la amaba. Se acercó a la cama y le expresó.

—Me recuerdas, Mami

Rosa se incorporó y enseguida la reconoció.

—Querida hija. Me siento mal. Creo que me voy a morir.

Rosa Elena se acercó y besó a su madre. Le acarició la cabeza y le dijo.

—No temas, mamá, pronto, Dios vendrá por ti.

Rosa dulcificó su mirada y afirmó.

—¿Por qué razón te veo envejecida?

—Tengo cincuenta años. Vengo del futuro y Gabriel, el amiguito mágico de Raulito, quiso que tuviéramos la oportunidad de compartir estos últimos momentos contigo. ¿Nos recuerdas cuando te visitamos, Memi estaba enferma y viajamos en el tiempo?

Rosa asintió con la cabeza. Se sentía débil y no quería perder el tiempo. Tenía muchas interrogantes que hacer antes de partir. Le pidió a Raulito que se acercara. El niño tenía los ojos cuajados en lágrimas y suplicó.

—Abuelita, no se muera. Yo la quiero mucho.

Rosa lo tomó entre sus brazos y lo abrazó fuertemente. Después, con mucha dulzura, le explicó.

—Estoy enferma y Diosito me va a mandar a buscar para que no sienta más dolor, pero ustedes van a estar bien. No quiero que estés triste.

Raulito comprendió su misión, besó a su abuelita en la frente y le susurró.

—Hicimos un viaje al pasado para consolarte y que tus últimos minutos estés rodeada de amor.

Rosa se levantó con mucho esfuerzo y le pidió a Rosa Elena que se acercara. Agitada por el fuerte dolor en el pecho, señaló.

—No le temo a la muerte. Siempre estuve preparada para este momento. Sin embargo, me inquieta mucho dejarte sola, Rosa Elena, tu sufrimiento va a ser inconmensurable. No sé si tú estás preparada para la situación que debes enfrentar.

—Querida Madre, recuerda que vengo del año 2000. Superé esa etapa tan dolorosa en mi vida. No fue fácil, sin embargo, todo ese sufrimiento me hizo evolucionar. Además, pienso que Gabriel nos ha traído para que sepas que por dolorosa que fue tu muerte, tus hijos pudieron sobreponerse al desconsuelo. Tu recuerdo siempre nos ha bendecido y acompañado. No hay un solo día que no te tengamos presente.

Rosa se volvió a recostar. Su semblante reflejaba mucha paz y serenidad. Raulito se acercó y le entregó un sobre. Rosa lo abrió, había un dibujo de un corazón y las palabras te quiero. Rosa besó el dibujo y dijo.

—Me lo llevaré conmigo y se lo enseñaré a Dios para que vea que en la tierra dejé un nieto tierno y cariñoso.

Raulito sonrió y acarició la mano de su abuela. Rosa Elena se sentó en la cama y besó a su madre. Rosa le extendió la mano a Gabriel y él la tomó entre las suyas.

—Gracias, querido, por hacer que mis últimos minutos estén tan llenos de amor.

Rosa cerró los ojos y murió apaciblemente. Raulito le pidió a Rosa Elena que no llorara, que su abuelita había partido llena de alegría, en compañía de su ángel. A través de ese encuentro con su madre, Rosa Elena recobraba parte de su corazón perdido y se reconciliaba con sus más hondos anhelos. Rezaron por unos minutos y posteriormente regresaron. Minutos después, Raulito jugaba con los carritos.

Rosa Elena reconoció una vez más que su sobrino era un niño fuerte y valiente. Lleno de amor y con una capacidad increíble de dar consuelo. Esas facultades no las tenían muchos adultos, sin embargo, eran tan naturales en él. Otra cosa que Rosa Elena advirtió fue que había madurado. No tenía los caprichos de niño consentido que antes mostraba.

Después de su viaje en el tiempo, Rosa Elena se sentía como hipnotizada. Habían sido muchas emociones, las cuales la habían llenado de paz y armonía. Mientras conducía el automóvil rumbo a su casa, pensaba que las vivencias compartidas habían sido enriquecedoras. Ahora comprendía tantas cosas. Había podido percibir que en los últimos momentos que tuvo con su madre no le expresó lo mucho que la amaba y lo importante que era ella en su vida. Se preocupó únicamente en localizar el médico para que le salvara la vida. Si comprendiéramos que cualquier momento puede ser el último, no desperdiciáramos ni un solo instante y constantemente les diríamos a nuestros seres queridos cuánto los amamos. Rosa Elena sabía que ya ella tenía la capacidad de comunicarse con su madre en otras dimensiones y le expresó su gran amor y elevó una oración. También rezó por el descanso de Tota y de su padre.

Al llegar a su apartamento se recostó por un momento. El timbre del teléfono sonaba y Rosa Elena absorta en sus oraciones, no lo escuchaba. Abrió los ojos y al salir de ese letargo, oyó el timbre. Era Aileen alterada.

—¿Qué te sucede? —preguntó Rosa Elena

—No sabes el susto que tengo. Entré al cuarto de Raulito y lo escuché hablando solo. Me dijo que me había equivocado, pero oí perfectamente cuando llamaba a un amiguito de nombre Gabriel.

—No te preocupes, mujer, ese debe ser su amigo imaginario. Cuando yo era una niña también tenía un amiguito imaginario. Se llamaba Rafael.

—¿Tú crees? ¿Será eso normal?

—Claro que sí. No tienes de qué preocuparte.

—Rosa Elena, me pareció que en el cuarto había otra persona. Es más, casi podría decir que se reía. No salí corriendo porque Dios es grande y una madre nunca corre cuando piensa que su hijo está en peligro.

—Aileen, guarda la calma. Tus inquietudes no se justifican. Cuidado con asustar a Raulito.

Aileen se despidió y le prometió a Rosa Elena que conservaría la calma, y que si observaba algo anormal, le avisaría de inmediato

CAPÍTULO 5

Rosa Elena trataba de volver su vida a la normalidad sin poder conseguirlo, le preocupaba el giro inesperado que había dado la situación con Raulito y Gabriel. Todo había empezado como un juego, sin embargo, cada día las cosas se complicaban más y más, y ella no sabía cómo manejar la situación. Cecilia le anuncia una llamada telefónica, era Raulito, hablaba tan quedito que ella casi no le escuchaba. Rosa Elena se sintió alarmada, «¿qué nueva travesía tramaba Gabriel?», pensó.

—Por favor, Raulito, habla más alto.

—Tía, queremos visitar a Rosie.

—¿Cómo es eso, si ella vive contigo?

—La vamos a ver en el pasado.

—Raulito, esto tiene que terminar. Esos viajes han tomado un giro incontrolable y nos van a descubrir. Tenemos que ser cuidadosos.

—No te preocupes, tía, nadie nos va a descubrir, recuerda que Gabriel es un mago.

Rosa Elena respiró profundamente. Ella inició esta locura, ahora no podía quejarse. Con gran esfuerzo para controlarse, continuó.

—Raulito, ¿te ha dicho Gabriel por qué razón vamos a visitar a Rosie?

—Sí, vamos porque ella está sola y triste. Nos necesita. Tú y yo la queremos mucho.

—Sí, mi amor, iremos cuanto antes. ¿Te parece bien?

—Está bien. Te esperaré.

Rosa Elena salió a buscar a una de sus amigas para invitarlas a cenar. No quería permanecer en casa. Se sentía aprensiva. Al cruzar la calle pudo observar que un carro se detenía, en ese preciso instante oyó la voz de Elsie que la invitaba a subir. Se alegró mucho, las cosas no pasaban por casualidad, ya era hora de consultar a su amiga psicóloga.

Cuando se disponía a contarle todo a Elsie, oyó un ruido proveniente del asiento de atrás. Volteo la cara y el terror se apoderó de ella. Desde allí Gabriel le hizo una cruz en su boca, lo que significaba que no podía revelar absolutamente nada. Rosa Elena miró a Elsie y preguntó.

—¿Qué llevas en el asiento trasero del carro?

—Unos libros.

Rosa Elena volvió a mirar. Gabriel llevaba en su regazo los libros.

—¿Unos libros solamente?

—¿Qué pasa, Rosa Elena? Acaso tú ves algo más. Quiero que sepas que estoy preparada para oír cualquier locura.

Rosa Elena no sabía qué hacer, sin embargo, una fuerza la empujaba a contarle toda la verdad a su amiga. Respiró profundamente para incrementar su fuerza. De repente, sintió frío. La temperatura había descendido a niveles intolerables. Elsie la interrumpe y exclama.

—¡La temperatura ha bajado y me siento incómoda! ¿Me puedes explicar qué sucede?

Rosa Elena comenzó a calmarse, si su amiga sentía el frío, entonces no era producto de su imaginación, sino un aviso de Gabriel para que ella no hablara. Le daría otra oportunidad y conversaría con él seriamente. Las dos amigas deciden ir a cenar cerca de la casa de Rosa Elena. Pasan una velada agradable.

Rosa Elena visitó a Raulito como de costumbre. Lo primero que hizo fue hablar con Gabriel. Experimentaba mucha inquietud con esos eventos paranormales.

—Necesito hablar contigo, estoy preocupada. En cualquier momento nos van a descubrir.

—No te alarmes, Rosa Elena, tengo todo bajo control.

—Esto ha ido demasiado lejos. Yo estoy tan arrepentida de haber iniciado esta chifladura. Ahora me toca ponerle fin.

—Lamento tener que decirte, Memi, que eso no está en tus manos. Vine a cumplir una misión y lo haré con tu colaboración o sin ella.

Rosa Elena no creía lo que escuchaba. ¿Cómo era posible que Gabriel le hablara en esos términos?

Gabriel dulcificó su tono de voz y afirmó.

—He venido a traer amor y felicidad a la vida de tu querido sobrino, no comprendes que todas nuestras aventuras han hecho de Raulito, un niño, compasivo, amoroso y solidario.

A Rosa Elena no le quedó otro remedio que aceptar que Gabriel tenía razón, le pidió que la perdonara y lo besó en la mejilla. Gabriel hizo un ligero movimiento con la mano y expresó.

—Raulito nos espera para nuestro próximo viaje. Ya tú sabes a dónde vamos.

Rosa Elena se dejó conducir por Gabriel. Los dos tomaron el ascensor rumbo al piso número veinticinco, donde vivía Raulito. Aileen le abrió la puerta y afirmó.

—Parece que te tuvieran arrastrando.

—Lo dices y no lo sabes.

Aileen siguió a Rosa Elena. Raulito sospechosamente. Se había levantado temprano y esperaba a su tía. «Esos dos se traen algo», pensó Aileen. Observó que cuando Rosa Elena entró a la habitación de Raulito, él le hizo una seña con la mano para que guardara silencio. Rosa Elena no se había percatado que su cuñada la seguía. Al aviso de su sobrino se volteó y bromeó.

—¿Me vienes siguiendo?

—Ustedes están tan maliciosos que me tienen intrigada.

Rosa Elena fingió asombro y contestó en tono burlón.

—Te lo contaré para satisfacer tu curiosidad. Cada vez que nos encerramos, nosotros vivimos aventuras alucinantes. Viajamos al pasado en compañía de un ente con capacidades esotéricas que nos transporta a un mundo mágico lleno de hechicería y encantamiento.

Aileen soltó una carcajada y moviendo la cabeza de un lado a otro, afirmó.

—¡Me voy que ustedes están locos!

Al quedarse solos, Raulito disgustado con su tía, le reprochó.

—¿Cómo es posible que le contaras eso a mi mamá?

—Querido, no te das cuenta de que cuando uno dice la verdad, casi nadie te cree. Además, no me hizo caso, se fue y nos dejó en paz. Ahora podemos emprender el viaje.

Gabriel, recostado a la pared, disfruta del desacuerdo que tenían Rosa Elena y Raulito. En ese momento tocan la puerta. Raulito se impacientó, él quería salir cuanto antes de viaje. Rosa Elena abrió la puerta. Era Rosa María, la hermana mayor de Raulito, se veía bellísima, alta y esbelta, sus cabellos rubios sobre los hombros y sus ojos color miel, le proporcionaban un gran atractivo. Vestía de negro y eso le daba un toque enigmático, interesante. Ella no solo es bella en su exterior, espiritualmente es una mujer como pocas, trabaja constantemente en su evolución y crece en virtudes. Se acercó a su tía y la besó en ambas mejillas. Observó a su hermano e insinuó.

—¡Percibo algo extraño en este cuarto! ¿Me pueden contar qué es lo que pasa?

Se oyó una risita. Rosa María comenzó a temblar y gritó.

—¿De dónde salió ese ruido? Oí a alguien riéndose y no eran ustedes.

Nadie contestó y esta actitud la alteró mucho más. Salió corriendo en busca de Aileen. A los pocos minutos regresó acompañada. Había puesto al tanto a su madrastra y las dos eran sumamente temerosas. Rosa Elena no sabía qué hacer para salvar la situación. Miró furiosa a Gabriel que se cubría la boca para que no se le escapara ningún sonido. A Rosa Elena se le ocurrió una peregrina idea y afirmó.

—No tienes de qué asustarte, Rosie, hace semanas que practico hablar o hacer sonidos sin que mis labios se muevan. Lo hago para divertir a Raulito.

Raulito entendió el mensaje y comenzó a reírse, pero como todos los niños, no sabía fingir, se reía tan artificialmente que Rosa Elena no pudo contener las carcajadas. La situación fue tan divertida que Aileen y Rosa María se unieron al alborozo.

—Ahora vas a decir que eres ventrílocua—afirmó Rosa María.

Rosa Elena no le contesta, y para evitar sospechas, le pide a Raulito que pasen a la sala para estar más cómodos. Conversan por varios minutos. Aileen y Rosa tenían un compromiso e invitan a Rosa Elena. Ella, como siempre, prefiere quedarse con Raulito y los tres inseparables viajeros, regresan a la habitación. Una vez en el cuarto, Gabriel decide que viajen de inmediato antes de que se haga tarde. Los tres se toman de la mano y en fracciones de segundo se desplazan al año 1981. Llegan a una casa grande, con una espaciosa terraza en la parte delantera. Cerca del área de estacionamiento, observan a una niña como de nueve años. Sentada en el piso, con sus pequeñas manos cubre su cara. Rosa Elena no la puede reconocer y Raulito pregunta.

—¿Quién es la niña que llora?

Rosa Elena no responde, trata de ubicarse. Reconoce inmediatamente la casa. La información llega como un chispazo de luz y la hace recordar. Esa era la residencia donde vivían Rosa María y su hermano cuando eran unos niños. La niña que llora es Rosie. Raulito le toca la rodilla para obligarle a que le ponga atención.

—Tía, ¿quién es esa niña?

—Es tu hermana Rosie cuando tenía nueve años.

Raulito corre hacia donde está la niña. Le retira las manos de la cara y la besa repetidas veces.

Rosie no entiende lo que ocurre, mira a Rosa Elena y afirma.

—¿Quiénes son ustedes?

—Somos amigos que venimos a consolarte.

—¿Te pareces a mi abuela? Lo único que ella no es delgada. También te pareces a mi tía Rosa Elena, pero ella es más joven.

Rosa Elena no le contesta. Debía ordenar sus ideas. Ella se impacienta y afirma.

—El niño trigueño se parece a mi papá. El rubio no se parece a nadie.

Rosa Elena, llena de sorpresa, le pregunta.

—¿Ves a los dos niños?

—Claro que sí. El rubio me hace una seña con la mano y al otro lo veo tan sorprendido como tú.

Rosa Elena se sienta en el piso al lado de Rosa María y les pide a Raulito y a Gabriel que hagan lo mismo. Le contaría a Rosie toda la historia. Si ella había tenido la facultad para ver a Gabriel, estaba en condiciones de saber la verdad. Rosa Elena toma las manos de Rosa María entre las suyas y le dice.

—Querida, no quiero que me interrumpas hasta que no haya terminado mi relato. Tendrás que hacer un esfuerzo para que puedas aceptar lo que te voy a contar.

Rosa Elena toma la mano de Raulito y la une a la mano de Rosa María y continúa.

—Este niño es tu hermanito, no te asustes, ya tú lo conoces. Venimos del futuro para curar las heridas que provocaron la separación de tus padres.

Rosa María se levanta e interrumpe el relato y espeta.

—¿Con quién tuvo mi papá este hijo?

Rosa Elena abraza a la furiosa niña y le expresa.

—Cariño, te dije que no me interrumpieras. Soy tu tía Rosa Elena y si me ves más vieja es porque han pasado diecinueve años. Ya te dije que vengo de tu futuro. Mejor dicho, hemos hecho un viaje al pasado.

Rosa Elena le explica a Rosie la historia de Gabriel y sus viajes anteriores. La niña escucha pacientemente y cuando su tía termina el relato comenta.

—Creo entender la misión de Gabriel y el viaje de ustedes. Este es el momento más triste de mi vida. Me siento sola y desamparada y ahora que mis padres se han divorciado, siento que me han partido el corazón en dos pedazos, además, he perdido la fe en la familia y sobre todo en la pareja. Relaciono el matrimonio con disgustos, falsedades, incomprensiones y separación. Todo este sufrimiento ha hecho de mí una niña con mentalidad de una vieja. La soledad será mi compañera, nunca me casaré, ni tendré hijos, no quiero que ellos sufran y lloren como mi hermano y yo.

Rosa Elena abrazó a la pequeña niña y le dijo.

—Superarás todo este sufrimiento y eso hará de ti una niña sensible al dolor de tus semejantes. Si tus padres dejaron de comprenderse y amarse, es preferible que se separen a que vivan un infierno. Tú no tienes que dividir tu corazón para seguirlos amando. Lo que sí te pido es que no los juzgues. Trata de superar este trauma y aprender de los errores de los demás para que tú no los cometas. Además, tienes una gran familia que te ama y te amará siempre.

Rosa Elena interrumpió y sacó un pañuelo de su bolso para secar las lágrimas de la niña y continuó.

—La historia de los padres no tiene por qué repetirse en sus hijos. No temas, siempre estaré a tu lado para aconsejarte y guiarte. Te quiero mucho y siempre hemos sido unidas.

Rosa María se levantó del piso y abrazó a su tía. Ya no tenía dudas, esta señora de apariencia mayor, era su tía Rosa Elena. Raulito que hasta ahora no había intervenido, preguntó.

—¿A mí no me vas a dar un abrazo, Rosie?

La niña mira a su tía y con la mirada le pide explicación. Rosa Elena capta el mensaje y afirma.

—Rosa María, actualmente han pasado diecinueve años. Tu papá se volvió a casar y Raulito es tu hermanito de cinco años. Tú lo quieres mucho y vives con él.

Raulito se acercó a la niña y le dijo.

—En estos momentos tú tienes veintiocho años y eres mucho más bonita que ahora.

Rosa María se acercó a Raulito, lo abrazó y besó varias veces.

Había algo en este niño que le inspiraba una gran ternura. Rosie se acerca a Gabriel, lo abraza y los tres niños se ponen a jugar. Mientras los niños juegan, Rosa Elena busca la forma de consolar a esa pequeña niña víctima del divorcio de sus padres y llega a la conclusión que las personas se preparan académicamente para ganarse la vida, sin embargo, nadie los capacita para formar y mantener a la familia unida. La sociedad debería preocuparse por garantizarles a sus miembros el entrenamiento necesario para formar matrimonios sólidos y educar de una manera adecuada a sus hijos. Los tres niños sacan a Rosa Elena de sus reflexiones y le piden que se una al juego. Ella los complace, y lo pasa de lo más divertido, tanto así que Rosa María olvidó su tristeza inicial.

Rosa Elena observa a Raulito hablándole bajito a Rosa María. Se acerca y lo escucha cuando le dice que ella se lleva bien con Aileen, su mamá, que no se preocupe que su papá es feliz. La niña acaricia el rostro de Raulito y le dice.

—De ahora en adelante no voy a estar triste. Gabriel me dijo que yo también voy a tener un amigo imaginario.

Aunque estoy un poco grandecita para eso, su jefe, que es Dios, va a hacer una excepción conmigo para que no esté triste.

Rosa Elena se despide de la niña, sabiendo que no podía cambiar el pasado, sin embargo, trataría de eliminar cualquier secuela de tristeza y desesperanza que tuviera su sobrina en su vida actual. Rosa María se acerca a los niños y les dice algo en el oído. Su tía intrigada pregunta.

—¿Qué dice Rosie?

—Dice que si se puede venir con nosotros. Que se siente sola —responde Raulito.

Rosa Elena se acerca a la niña y le explica que viven en otro tiempo y que, en ese tiempo, ella reside con Raulito, su papá y la mamá de Raulito. La niña asiente con la cabeza aceptando las palabras de Rosa Elena. Su tía le dice.

—Pronto te hará compañía tu amigo imaginario. No te preocupes.

Rosa María acepta las explicaciones, les sonríe y con la mano les dice adiós. Rosa Elena, Gabriel y Raulito unen sus manos para regresar. Unos toques en la puerta sacan a Rosa Elena del letargo. Rosa María entra a la habitación y afirma.

—¿Ustedes qué hacían? Toqué varias veces y no me respondieron.

Rosa Elena se incorporó, se había recostado sobre la cama de Raulito. Miró a Rosa María, sintió una gran ternura por su sobrina, ella ya era una mujer, sin embargo, la seguía viendo como esa niña que dejaron en el tiempo, con las mismas dudas e incertidumbre; con los mismos temores y ansiedades, y con una inmensa necesidad de amor. Rosa Elena se acercó a su sobrina y le expresó.

—Querida, te vamos a contar de nuestra aventura. Debes tener la mente abierta para poder aceptar lo inescrutable, sin preguntas y sin miedos.

Rosa María retrocedió asustada, sintió una fuerte sacudida que estremeció su cuerpo, llena de angustia, dijo:

—Tía, por favor no me salgas con una de tus rarezas. ¡No lo soportaría!

Rosa Elena abrazó a Rosa María y le respondió.

—Necesito que recuperes la confianza y que no le temas a la vida. Evades relacionarte con las personas para no sufrir y cada día te aíslas más y más. No puedes continuar así. Ese problema tuyo tiene sus raíces en la niñez. Las secuelas del sufrimiento no te han permitido desarrollar una existencia afectiva normal como cualquier chica de tu edad. Por mucho que la vida te haya desilusionado siempre debes buscar el amor. Tienes que hacer los intentos que sean necesarios, hasta que encuentres el verdadero amor. No te retraigas por miedo a salir herida.

Rosa María se acerca todavía más a su tía y le pide que guarde silencio, que Raulito las escucha. Rosa Elena le hace un ademán con la mano dándole a entender que no importa y afirma.

—Raulito sabe lo mucho que has sufrido, tú misma se lo dijiste hace un rato cuando te fuimos a visitar. Tú tenías nueve años.

Rosa María se deja caer pesadamente en la cama de su hermanito, sus piernas no la sostenían. Lo que acaba de revelarle su tía era una verdadera locura. Su desconcierto es tan grande que guarda silencio por varios minutos. Rosa Elena le sonríe y le dice.

—Pensarás que estoy chiflada, pero Raulito, Gabriel y yo te fuimos a visitar. Hicimos un viaje al pasado. Es importante que nos guardes el secreto. La mayoría de las personas no están preparadas para este tipo de revelación.

Rosa María no alcanzaba a comprender las palabras de su tía. Raulito se le acerca despacio y le pregunta.

—Rosie, ¿por qué razón ahora eres más bonita que cuando tenías nueve años?

Rosa María se levanta apresuradamente de la cama y le responde con otra pregunta.

—¿Tú me conociste a esa edad?

—Claro que sí, fui a tu casa y llorabas. Gabriel y yo jugamos contigo y se te olvidó la tristeza.

—¿Quién es Gabriel?

En ese preciso momento una silueta se mueve detrás de Rosie, ella se da la vuelta. Un niño de cabellos rubios y ojos grises le sonríe y se acerca. Rosa María trata de correr y Rosa Elena la sujeta y le ordena.

—Rosa María, no se te ocurra gritar. Por una vez en tu vida ten el valor suficiente para enfrentar lo inescrutable. Trata de aclarar tu mente y cuando la luz ilumine tu interior, tú serás capaz de caminar a través del sendero de la vida, sin temor, sin incertidumbre, sin dolor y con la madurez necesaria para resolver todos tus conflictos. Porque si no lo haces se apoderará de ti un sentimiento de vacío y el mundo se transformará en un desierto y la vida en una lucha vana. Tienes que dar el salto, y ser capaz de afrontar tu propia vida.

Rosa Elena respira profundamente para recuperar sus fuerzas y continúa.

—Tú has vivido con un inmenso temor por el futuro y un gran dolor por el pasado. Tan grande es tu ansiedad, que se te ha olvidado vivir el presente. El presente es el único tiempo que nos pertenece. El pasado, ya pasó; el futuro, no sabes, sí, lo vas a vivir o no; el presente es el más bello de los regalos, y tú, mi querida niña, lo desperdicias con temores absurdos y memorias melancólicas. Olvídate del pasado y no le temas al futuro y resolverás la gran mayoría de los problemas. Has sido incapaz de apreciar todo el amor y las bienaventuranzas que has tenido. Por Dios, Rosa María, reacciona. Te alejas de las personas que más te quieren, sin embargo, todos te esperamos con los brazos abiertos para abrazarte y decirte que nunca estarás sola, porque tú nos tienes a todos nosotros.

Cuando Rosa Elena termina de hablar, Rosa María tenía el rostro bañado en lágrimas, Gabriel se acerca y la besa en ambas mejillas, lo mismo hacen Raulito y Rosa Elena. Los cuatro forman un círculo de amor que los unirá para siempre. Raulito levanta su cabeza y le dice a Rosa.

—Hermanita, tú estabas triste y Gabriel te dejó a un amiguito para que te consuele. De ahora en adelante no estarás sola, porque yo te quiero mucho y le voy a decir a Gabriel que te busque un novio bueno y que te quiera mucho. Te vas a casar y cuando tengas un hijo le pondrás el nombre de mi amiguito imaginario. ¿Lo harás Rosie?

Rosa María se seca el llanto que cubría su bello rostro y le responde.

—Sí, mi amor, cuando tenga un hijo le podré el nombre de Gabriel. ¿Sabes una cosa, Raulito? ¡Tú eres mi más preciado tesoro!

Rosa María, embargada por la emoción, percibió que su reencuentro con Gabriel la había sacado de una duda. Ella recordaba a ese niño mágico que la visitó a los nueve años y siempre pensó que había sido una ensoñación, pero ahora ese sueño se materializaba para colmarla de esperanzas y optimismo. El recuerdo de Gabriel enterrado en su subconsciente, ahora energía y volvía con una fuerza capaz de vencer cualquier pensamiento o actitud de desaliento o frustración.

La puerta se abre y aparece Aileen.

—¡No me digas, Rosa María, que te has unido al enigma!

—¡Lo dices y no lo sabes! —afirma Rosa María.

Aileen no hace mucho caso de las palabras de su hijastra y les invita pasar a la mesa.

CAPÍTULO 6

Con la mañana lluviosa, Rosa Elena se levantó un poco más tarde. Eran las siete y treinta y como su empleada no trabaja los sábados, ella se dispuso a hacer el desayuno. El timbre del teléfono la sorprendió. ¿Quién llamaría tan temprano? Le llamó la atención que fuera Aileen, ella se levanta después de las nueve de la mañana. El tono de la voz de su cuñada la alarmó. Le refirió que Raulito la había despertado desde la seis de la mañana para preguntarle sobre su nacimiento, tenía interés en conocer todos los detalles.

Rosa Elena captó de inmediato el mensaje. Ese debería ser una misión asignada por Gabriel. Trató de tranquilizar a su cuñada diciéndole que hablaría con Raulito y le recordó que hoy era el día para visitarlos.

Aileen le comentó a Rosa Elena que iba a llevar a su hijo al pediatra porque la noche anterior le había dado fiebre alta y lo sintió inquieto. No obstante, regresaría de inmediato y conversarían sobre la conducta del niño, que hablarían a su llegada.

Raulito, Aileen y la nana llegaron al consultorio del Dr. Elio Arrocha, el niño se adelantó y saludó.

—Hola Elio, ¿cómo estás?

Aileen no había podido lograr que Raulito llamara a su pediatra, Dr. Arrocha y lo tratara de usted. No obstante, al dedicado galeno esto parecía gustarle y divertirle mucho. Más que médico y paciente parecían dos grandes amigos. Raulito le contaba sus vivencias y en ocasiones algunos chistes. El Dr. Elio siempre lo animaba a expresarse con franqueza y sin restricciones. Había una relación de comprensión y confianza beneficiosa para el niño que veía en su médico no solo el profesional que lo podía ayudar en asuntos de enfermedad, sino el amigo que lo pudiera orientar en momentos de ansiedad. Raulito se acerca a su médico y pregunta.

—Elio, ¿sabes el chiste del mafioso?

El pediatra se acomoda en su silla en una posición confortable y le contesta al pequeño paciente que no había oído ese chiste que se lo refiriera. Raulito se detiene frente a su médico y comienza su narración.

—Llega un niño a su casa llorando y su madre le pregunta qué le pasa, el niño responde: en la escuela me dijeron mafioso. La madre lo acaricia tiernamente y le manifiesta. «No te preocupes, mañana voy a tu escuela y arreglo ese problema. ¡Qué parezca un accidente!, Mami. Responde el niño.

Elio soltó la carcajada, Aileen y la Nana lo imitaron. Pasados unos minutos, el pediatra procede a examinar cuidadosamente a Raulito y le expresa a la inquieta madre.

—No tienes por qué preocuparte. Raulito está bien. Esa fiebre puede ser alguna infección viral. Cualquier otro síntoma me llamas.

Raulito se despide del doctor y le dice a su mamá.

—Apúrate, Aileen, que hoy tengo una misión importante con Memi.

Cuando Rosa Elena llegó a la casa de Aileen, ella le esperaba en la puerta. Le hizo una señal para que pasara directo a su habitación. Ella la siguió en silencio. Se sentó en el borde de la cama y preguntó.

—¿A qué se debe el misterio?

—Raulito actúa de manera distinta y me tiene angustiada —afirmó Aileen.

—Te preocupas sin motivos. Te haré una pregunta. ¿No has observado que tu hijo está contento y feliz? En muchas ocasiones tú te quejabas de la soledad de Raulito y que lo veías triste.

Aileen tuvo que reconocer que su cuñada tenía razón. Sin embargo, insistió.

—¿Tú crees que sea normal que me despierte a las seis de la mañana para preguntarme los detalles de su nacimiento?

—¿No has pensado que quizás soñaba con su nacimiento y se levantó para preguntarte los detalles?

Rosa Elena reconoció que su argumento había sido lo suficientemente bueno para calmar a Aileen y agregó.

—No te inquietes, Raulito es un niño precoz e inteligente. No esperes que haga las preguntas que normalmente hacen los demás niños. Esas son las experiencias de madres con hijos genios—bromeó Rosa Elena.

Mientras conversaban animadamente Aileen y Rosa Elena, una sombra pasó enfrente de ellas. Aileen salió corriendo rumbo a la cocina y gritaba enloquecida.

—¡Viste esa sombra!

Rosa Elena no le contestó, ella sabía bien que era Gabriel. A los gritos de Aileen, Raulito se acercó a ellas y tomó por la mano a Rosa Elena para llevársela a su habitación.

—No vayas a asustar al niño —pidió Rosa Elena a su cuñada.

Aileen se encerró en el cuarto de Rosa María, mientras que Rosa Elena se dejó llevar por Raulito. Una vez solos apareció Gabriel. Rosa Elena, molesta, lo reprendió.

—Gabriel, ¿cómo es posible que asustes de esa manera a Aileen? Hay que ser prudente.

Gabriel le rodeó el cuello con sus brazos, la estrechó fuerte y dijo.

—Tía Memi, tenemos que irnos lo antes posible. Estas mujeres, una vez recuperadas del susto, van a venir a indagarnos. Tenemos una misión importante que les explicaré por el camino.

En menos de un abrir y cerrar de ojos, Rosa Elena se vio en la sala de espera de un hospital. A lo lejos pudo divisar a su hermano Raúl e inmediatamente supo que habían viajado al pasado porque su hermano se veía más joven. A su lado estaban tres damas. Actuando con prudencia, tomó de las manos a los niños y se alejó en dirección contraria. Bajaron por las escaleras y llegaron al piso de abajo. Entraron en la sala de espera, sobre la mesa de centro había un diario. Rosa Elena comenzó a leerlo. Era La Estrella de Panamá, casi grita cuando observó la fecha, 24 de enero de 1995. Esa misma era la fecha del nacimiento de Raulito. Observó los titulares: Panamá y Estados Unidos negocian un tratado con relación al robo de automóviles. Las reformas laborales no tienen mayor trascendencia en el sector de la construcción. La primera semana de febrero serán presentadas las reformas al Código del Trabajo. Los preparativos para los carnavales están en pleno apogeo. Los rusos están en plena guerra de Chechenia. Rosa Elena recordó que esas noticias coincidían con la fecha de nacimiento de su sobrino.

Cuando terminó de leer el diario le pidió a Gabriel que cuidara a Raulito que ella iría a visitar a Aileen. Subió lentamente las escaleras. Entró en la recepción y la primera en reconocerla fue Ibeth, la hermana de Aileen, a quien cariñosamente la llamaban Bebe. Ella le pidió a Rosa Elena que se sentara con ellas. Otilda, la mamá de Aileen, estaba nerviosa. La conversación estaba tan entretenida que Rosa Elena por unos momentos se olvidó de los niños. Rosa Elena preguntó por su hermano y le explicaron que había salido para la oficina porque todavía faltaban dos horas para que el ginecólogo iniciara la cirugía.

Rosa Elena levanta la cabeza y casi grita presa del pánico. Raulito y Gabriel hacían su entrada triunfal, por suerte, las tres damas solamente vieron a Raulito. El niño se acercó a Rosa Elena y afirmó.

—¡Cómo te demorabas tanto, vine a buscarte!

Las tres mujeres se miraban las unas a las otras y Bebe no se pudo contener y preguntó.

—¿Quién es ese niño que tanto se parece a Raúl?

Rosa Elena miró a Raulito pidiéndole con la mirada que no hablara. El niño pareció comprender el ruego, porque permaneció callado. Rosa Elena respiró profundo y manifestó.

—Es hijo de Rody, recuerdan el hijo de Marisela que se parece a Raúl.

Raulito sonrió y Rosa Elena temió lo peor. Tomó al niño de la mano y le dijo.

—Recuerdas que te hablé de Aileen, ella está en este hospital, su hijito está por nacer.

—¡Qué bueno, voy a nacer! —respondió Raulito.

Oti, Dany y Bebe se comenzaron a reír a carcajadas de la ocurrencia del niño. Rosa Elena se unió a la diversión y aproximándose a Raulito le dijo en el oído.

—Por favor, querido, no digas nada.

Dany se acercó a Raulito y le preguntó.

—¿Cómo te llamas?

—Raulito —contestó el niño.

—¿Raulito? —repitió Dany

Rosa Elena intervino de inmediato. Se llama como el bisabuelo Santiago, el nombre completo de él era Raúl Santiago, lo que pasa es que usaba el segundo nombre. Raulito se levantó de la silla y acercándose a Dany afirmó.

—Yo sé cómo tú te llamas.

—¿Cómo me llamo? —preguntó Dany

Rosa Elena se adelantó y dijo.

—Ella se llama Dany, por favor Raulito, deja de adivinar los nombres de las personas.

Una mujer trigueña y de baja estatura entró en la sala de espera. Estaba vestida de blanco. Rosa Elena la reconoció enseguida, era Carla la encargada de atender al bebé. El niño corrió a los brazos de la mujer y gritó.

—Tenía mucho tiempo de no verte.

Raulito abrazó a Carla y la besó repetidas veces.

La expectación era tal que a Rosa Elena no se le ocurría nada. No había explicación coherente para semejante confusión. En ese momento entró una enfermera y anunció que Aileen había sido pasada al salón de operaciones. «Me salvó la campana», pensó Rosa Elena. Carla se despidió, ella anunció que se iría a casa para arreglar la ropa del niño. Antes de salir les pidió a todas que no cargaran al infante sin antes lavarse las manos y ponerse un paño estéril en el hombro. Rosa Elena pudo observar las miradas que se daban las hermanas y la madre de Aileen.

La cesárea de Aileen se desarrolló con normalidad, Raulito lloraba y se chupaba el dedo, era un bebé de casi diez libras. Lo pusieron en la cuna que tienen para los recién nacidos, sobresalía entre todos por su tamaño y corpulencia. Las hermanas de Aileen lo identificaron enseguida. Raúl el padre estaba contento, él deseaba tener otro hijo varón, ya tenía dos niñas y un varón de matrimonios anteriores. Rosa Elena se había llevado a Raulito y a Gabriel, para la otra sala de espera, para que su padre no lo viera. Raulito insistía en que deseaba ver al bebé. Ella no quería asumir ese riesgo. A duras penas pudo convencerlo. Una hora después, cuando confirmó que Raúl había abandonado la clínica, Rosa Elena regresó con Raulito para que conociera al infante. Raulito se colocó frente a la cuna. Él no tenía duda, ese era él cuando pequeño, se reconoció entre todos. Lo veía a través del vidrio. Rosa Elena le apretaba la mano y quedito le dijo.

—No hagas ningún comentario. Nos pueden descubrir.

Raulito sonrió maliciosamente y asintió con un movimiento de la cabeza. Dany y Bebe se acercaron a ellos y entablaron con Raulito una conversación que parecía más un interrogatorio. Se reían de lo lindo de las ocurrencias del niño. En ese momento Oti salió de la habitación y le expresó a Rosa Elena que Aileen la quería ver. Rosa Elena le pidió a Raulito que la esperara. El niño se adelantó a su tía y entró rápidamente a la habitación de Aileen. Rosa Elena no sabía qué hacer, reinaba el desconcierto, Aileen estaba fuera de sí. Raulito se acercó y la abrazó fuertemente y le dijo.

—¡Qué bonita estás, Aileen!

Rosa Elena respiró y pensó que por suerte Raulito no tiene por costumbre llamarla mamá. A Rosa Elena nunca se le agotaban los recursos y repitió la historia que le había contado anteriormente. Aileen pareció tranquilizarse. Conversaba animadamente con Raulito cuando la puerta se abrió y apareció Raúl. Las miradas de Aileen, Rosa Elena y Raúl se cruzaron. Rosa Elena reaccionó apresuradamente. Tomó a su hermano por un brazo y lo sacó de la habitación. Raulito permaneció junto a Aileen platicando sobre el bebé. Raúl transpiraba, su rostro estaba enrojecido por la exaltación y preguntaba una y otra vez.

—¿Quién es ese niño y por qué lo has traído?

—No te preocupes, todo tiene una explicación. Tómalo con calma y escúchame atentamente.

Rosa Elena tomó un descanso, estaba desfallecida. Todavía se sentía perturbada por tantas contrariedades. Gabriel nunca le dijo que este viaje sería tan excitable. Raúl perdió la paciencia y afirmó.

—Rosa Elena, estoy perdiendo la paciencia. Habla de una vez por todas.

Rosa Elena inició el relato, pidiéndole a su hermano paciencia y que no la interrumpiera por absurdo que le pareciera. Le contó que ese niño era su hijo, el bebé que acababa de nacer, cinco años después. Le explicó que habían viajado al pasado en compañía del amigo imaginario de Raulito y la forma en que lo habían beneficiado esas travesías. Raulito ahora era un niño feliz, capaz de compartir y expresar sus sentimientos. También le solicitó que no se lo contara a los demás.

Raúl hizo una serie de preguntas y Rosa Elena le dio respuestas que resolvieron sus dudas. Pasados unos minutos entraron a la habitación. Raulito estaba sentado en la cama de Aileen y ella estaba de lo más divertida. Raulito voltea la cabeza y pregunta.

—Peyullo, ¿ya hablaste con Memi?

—¿Cómo sabes que a Raúl le dicen «Peyullo»? —cuestiona Aileen.

Rosa Elena se adelanta y afirma.

—Yo se lo dije, hace un rato.

Raúl interviene para darle un corte a esa situación tan embarazosa y toma de la mano a Raulito para llevarlo a tomar un refresco. Una vez en la cafetería, padre e hijo se abrazan. El niño le cuenta sus aventuras con Gabriel. En ese momento un niño rubio de ojos grises aparece y se sienta con ellos. Raúl lo observa y le pregunta a su hijo.

—¿Ese niño es Gabriel?

—¿Lo puedes ver? —responde Raulito.

—Claro que lo veo.

Gabriel se une a la conversación y le explica a Raúl que solamente las personas con poderes extraordinarios están en capacidad de visualizar la magia del amor y en algunas ocasiones él les permite a las personas comunes que lo puedan ver. Raúl le pide a Gabriel que siempre cuide a su hijo y le manifiesta que él de niño también tuvo a un amigo imaginario, que después se transformó en su ángel guardián y que en momentos de peligro siempre lo ha protegido.

—Papá, ¿cómo se llamaba su amigo imaginario? —pregunta Raulito.

—Miguel —responde Raúl.

Rosa Elena llega a la cafetería y se une al grupo. Su hermano le informa que pudo ver a Gabriel y que conversaron sobre las travesías.

Raulito anuncia la llegada de Dany y Oti. Raúl advierte a su hijo.

—Pollo, ¿tienes que tener cuidado con ellas para que no descubran tu identidad?

—¿Qué es identidad? —pregunta Raulito.

Raúl no tiene tiempo de explicárselo, Oti y Dany se acercan, Rosa Elena las invita a sentarse. Raulito le hace una señal con los ojos a su padre, la cual indicaba que guardaría silencio. Dany sospechaba algo y le dijo.

—¿Por qué están tan callados?

—Porque me puedes descubrir.

—¿Descubrir? ¿Qué cosa?

—Mi identidad. No me preguntes qué es eso, porque no lo sé.

Raúl le explica a Dany que ellos jugaban a los detectives. Ella no está convencida, pero guarda silencio.

—¡Buena esa, papá! —responde Raulito.

Vuelve a reinar el desconcierto. Raúl manifiesta rápidamente que en el juego ellos son una pareja de detectives, padre e hijo. Rosa Elena comprende que permanecer allí podría complicar la situación, se levanta y tomando de la mano a Raulito le pide que vayan a despedirse de Aileen y del bebé. Salen apresuradamente y cuando se disponían a tomar el ascensor, Raúl los alcanza. Los conduce al pasillo y vuelve a abrazar a su niño. Lo besa varias veces y le pide que se porte bien con su tía. Raulito le solicita que lo acompañe a despedirse del bebé y Raúl lo complace. Llegan a la sala de recién nacidos. Allí estaba el robusto bebé. Raulito se acerca y dice.

—Hablaré conmigo mismo. Bebé tienes que portarte bien, aunque sea aburrido y hágales caso a su mamá y a su papá.

Una enfermera sale de la sala y le pregunta a Raulito si quiere ver al niño de cerca. Él acepta y entra con la enfermera. Ella le permite cargarlo y le dice.

—Te pareces mucho a tu hermanito.

—No es mi hermanito. Soy yo mismo cuando nací hace cinco años.

La enfermera comienza a reírse, lleva a Raulito con Rosa Elena y Raúl. Les explica la ocurrencia del niño. Todos ríen, Rosa Elena piensa: «esa mujer enloquecería si supiera que Raulito le dijo la verdad». El niño sale corriendo y entra en la habitación de Aileen. Raúl y Rosa Elena lo siguen. Temen que el niño cometa otra imprudencia. En la habitación, Raulito estaba sentado entre Oti y Aileen. Hablaba en un tono de voz tan bajo que Rosa Elena temió lo peor. Aileen sonríe y le pide a su cuñada que se acerque. Dany se une a ellas y le dice a Rosa Elena que sería conveniente llevar al niño a un psicólogo. El niño se incorpora y visiblemente disgustado le indica.

—Dany, tú siempre con tus locuras. ¿Por qué no aprendes de mi tía Memi? Ella siempre me comprende.

—Yo no te conozco de antes. No tengo por qué comprenderte.

—Si me conoces porque eres mi tía.

Rosa Elena se levanta e interviene sin darle tiempo a Dany a reaccionar y expresa.

—A todas mis amigas Raulito las considera tías.

—¿Aileen también es tu tía? —pregunta Dany

—No, ella es mi mamá — responde Raulito.

Oti fue la primera en reaccionar y afirmó.

—Dany tiene razón, ese niño tiene confusiones serias.

—Cállate abuela —acotó Raulito.

Rosa Elena toma de la mano a Raulito y le pide que se despida de todos porque se les ha hecho tarde y tienen que regresar. Raulito corre a los brazos de Aileen y la besa directo en la boca. Raúl se acerca y le pide al niño que tenga cuidado que Aileen está operada.

—¿Qué es estar operada? —pregunta el niño.

Raúl le explica que para sacarle el bebé de la barriga a Aileen le tuvieron que hacer una cortada y después se la cosieron. Raulito está atento a la explicación y se vuelve a aproximar a su mamá y le besa con mucho cuidado el vientre. Aileen se enternece, ese niño le inspira una gran ternura. Lo abraza y lo besa en ambas mejillas.

Rosa Elena se despide de todos los presentes y Raulito les da besos a todas. Cuando llega donde Raúl le dice.

—A los hombres les doy la mano, pero como tú eres mi papá te puedo besar.

Raúl lo carga y lo besa varias veces. Nadie se extrañó que volviera a decir que Raúl era su padre. Todos reían de las ocurrencias de ese niño tan avispado. Rosa Elena sale de la habitación y Raulito le pide que se vuelva a despedir del bebé. Llegan a la ventanilla del cuarto de recién nacidos y pueden observar cómo Gabriel velaba el sueño del pequeño. Raulito le pide a Gabriel que se acerque a ellos. Gabriel le obedece y afirma.

—No te pongas celoso y recuerda que ese bebé eres tú.

Rosa Elena le explica a Gabriel las complicaciones y las imprudencias cometidas por Raulito. Gabriel pregunta.

—¿Crees que sospecharon?

Rosa Elena le aclara que no hay forma que nadie pueda presumir la verdad porque toda esa situación era tan inverosímil, que ni la mente más sagaz podría descubrirlos. Rosa Elena, Gabriel y Raulito se disponían a abandonar el hospital cuando escuchan una voz que los llama. Era Raúl, él no salía del asombro. Rosa Elena le comenta que es hora de partir y que no tiene de qué preocuparse. Raúl les manifiesta que acababa de tener una discusión con Dany que insistía, una vez y otra, que ese niño se parecía tanto a él que podría ser su hijo. Oti terminó con la discusión pidiéndole a Dany que no insistiera, que Rosa Elena había dado todas las explicaciones y que no tenían motivos para dudar ni de ella ni de Raúl.

Raulito se acercó a su papá y preguntó.

—¿Qué vamos a hacer con la tal Danissa?

—No le hagas caso, ya se calmará.

Raulito toma de la mano a Raúl y lo cuestiona.

—¿Todavía puedes ver a Gabriel?

—Claro que lo sigo viendo. En estos momentos se está mofando de ti.

Raúl se acerca a Gabriel y le pide una vez más que cuide de su hijo.

—No te preocupes Raúl, tú lo haces bien. Recuerda que en el tiempo presente tú y Aileen lo atienden bien. Sin embargo, yo seguiré haciendo mi trabajo como siempre.

Raúl sella este pacto con Gabriel con un apretón de mano. Bebe los observa a distancia. Entra al cuarto de Aileen y manifiesta.

—Yo creía que eran necedades de Dany, pero Raúl está extraño. Acabo de verlo dándole la mano al aire.

Aileen y Oti se levantan y se asoman a la puerta. A distancia pueden ver a Raúl con la mano extendida como si se la estuviera dando al hombre invisible.

—¿Qué es esto? —pregunta Oti.

—¡Es mejor no saberlo! —responde Aileen.

La puerta se abre y entra Raúl, quien puede percibir el enigma y pregunta.

—¿Qué se traen ustedes? ¡Las observo raras!

—El raro eres tú —responde Aileen.

Raúl camina por la habitación y se detiene en el centro. Mira de un lado a otro y afirma.

—¿Están seguras de que quieren saber la verdad?

La primera en contestar fue Bebe, Dany asintió con la cabeza y Aileen y Oti guardaron silencio.

Raúl inició el relato.

—Raulito, ese niño que vino a visitarnos, es hijo mío.

La conmoción fue tal que Raúl tuvo que hacer un llamado al orden. Aileen abrió desmesuradamente los ojos. No pudo hablar un nudo le cerró la garganta.

Raúl continuó y bajando el tono de la voz reveló.

—Ese niño es mi hijo y la madre es Aileen.

Las tres mujeres miraban a Raúl como si hubiera enloquecido. Él no les hizo el menor caso y prosiguió.

—Ese niño es el bebé que acaba de nacer. Viene del futuro y vino a fortalecer a su madre, porque ella está atravesando una seria depresión.

Aileen comenzó a gritar y decía una y otra vez.

—¡No quiero saber nada, quiero pensar que todo esto fue un sueño y no hablemos más del asunto!

Todos callaron y Raúl se acercó a su esposa y le acarició el rostro. Aileen no entendía de esas cosas, lo que sí sabía era que ese niño había despertado su amor maternal.

Rosa Elena, Gabriel y Raulito dejaron el hospital. Una vez en la acera, Raulito se detiene y le pide a su tía que recen para que a sus padres y al bebé les vaya bien. Los tres se detienen y elevan una oración por la felicidad de la familia. Tomados de la mano emprenden el viaje de regreso. Rosa Elena despierta acostada en la cama de Raulito, frente a ella su sobrino sonríe y le dice.

—Memi, es mejor que guardemos el secreto de nuestros viajes. Ellos no nos creerían.

—Tienes razón, mi amor, tal vez algún día podamos contar nuestras aventuras. ¿No crees?

—Puede que así sea, pero por ahora, a callar.

Rosa Elena se levantó, tenía que irse para su casa. Esperaba la visita de una amiga querida y no deseaba que ella llegara y no la encontrara.

CAPÍTULO 7

Rosa Elena se había acostumbrado a la presencia de Gabriel, además, lo quería entrañablemente, para ella era uno más de sus sobrinos, lo consideraba más humano que muchas personas con las que se relacionaba a diario. Esa mañana fue diferente, Gabriel y Raulito la esperaban desde temprano. Saludó a Aileen, ella se había habituado a esos extraños juegos. Apreciaba el amor que su cuñada le profesaba a su hijo.

Cuando Rosa Elena y Raulito estuvieron solos, Gabriel les advirtió que este viaje sería diferente, viajarían al futuro.

—¿Al futuro? —preguntaron Rosa Elena y Raulito al mismo tiempo.

—Sí, al futuro —respondió Gabriel.

Gabriel les explicó que se trasladarían al año 2025 a visitar a Raúl, el hermano mayor de Raulito.

—¡Oh! —exclamó Raulito—. Eso sí, me gusta, va a ser una misión interesante.

Rosa Elena no alcanzaba a comprender la situación. Sin embargo, experiencias anteriores le habían enseñado a confiar en Gabriel sin ningún tipo de reservas. Emprendieron el viaje. Rosa Elena abrió los ojos. Cada vez que hacía una de estas travesías tenía por costumbre cerrar sus ojos. De repente se vio en una oficina lujosa. El edificio era diferente a los que ella conocía, recordó que la modernidad cambia el aspecto del entorno. Se acercó a un enorme ventanal y se percató que el inmueble era de varios pisos. Observó la puerta y se dio cuenta de que estaban en el piso setenta y dos. Gabriel y Raulito esperaban que ella tomara la iniciativa de acción.

Rosa Elena se acercó a Gabriel y preguntó.

—¿Qué problema venimos a resolver?

—Seré breve —respondió Gabriel.

Gabriel los condujo a una de las recepciones de ese piso y les pidió que se sentaran. Gabriel les comenta.

—Rosa Elena, debes comprender que Raúl no tendrá el mismo aspecto de hace veinticinco años. Lo más seguro sea que no te reconozca, recuerda que su tía Rosa Elena tiene setenta y cinco años.

—¿Estoy viva todavía? —preguntó Rosa Elena.

— Claro que sí, si hubieras estado muerta lo mataríamos de un susto —afirmó Gabriel.

Rosa Elena comenzó a reírse, la situación le parecía de lo más absurda. Gabriel continúa.

—Raúl está a punto de cometer un desacierto. Va a invertir en la bolsa gran cantidad de dinero y si lo hace lo perderá irremediablemente.

—¿Qué podemos hacer para evitarlo? —preguntó Rosa Elena.

Gabriel se levantó de la silla, se acercó y afirmó.

—Eres una mujer persuasiva, ya lo has demostrado con creces. Recuerda cuando convenciste a Tota y a Rosa. Tendrás que hacerlo también con Raúl.

Rosa Elena se levantó decidida y expresó.

—No tenemos tiempo que perder. Primero entraré yo y si Raúl no me cree, entonces los llamaré a ustedes.

Los tres viajeros caminaron rumbo a las oficinas de Raúl. En la recepción una secretaria hacía la antesala. Rosa Elena les pide a Gabriel y Raulito que se sienten y la esperen, ella hablará con Raúl. Se acerca a la secretaria y se anuncia.

—Dígale al señor Raúl, que su tía Rosa Elena tiene urgencia de hablar con él.

La secretaria toma el teléfono y le avisa a Raúl. Rosa Elena percibe cierta resistencia y escucha que la secretaria afirma que así le dijo la señora, Rosa Elena pierde la paciencia y le asevera a la secretaria.

—No hay ningún error, soy la tía Memi.

Fue tan alta la voz de Raúl que Rosa Elena pudo escuchar cuando le ordenó a la secretaria que la hiciera pasar. Rosa Elena entró a la oficina de Raúl. Era amplia, lujosamente decorada con muebles modernos y de buen gusto. Pudo observar el estupor en la cara de su sobrino. Ella sonrió y le dijo.

—No te asustes, querido. Aunque lo dudes, soy yo.

—¡No puede ser! —dijo Raúl.

Rosa Elena se sentó en una silla, pero se sentía alejada de su sobrino. Observó un sofá al fondo de la oficina y le pidió a Raúl que se pusieran cómodos. No podía perder el tiempo y fue al grano.

—He venido a prevenirte.

Raúl la interrumpió y espetó.

—Usted no puede ser mi tía Rosa Elena, por mucho que se le parezca. Ella tiene como treinta años más que usted.

Rosa Elena se levantó y se dirigió a un pequeño bar de la oficina y se sirvió un refresco, bebió varios sorbos. Se sentía agotada. Eran muchas las emociones. Veía a su sobrino de treinta años a la edad de cincuenta y cinco años, era una locura. Raúl se advertía mayor que ella. ¿Cómo podía pretender que él le diera crédito a sus palabras? Sin embargo, tenía que intentarlo.

—Raúl, quiero pedirte que me escuches sin interrupciones y cuando te haga una pregunta me respondas sin solicitarme explicaciones. Al final entenderás la situación.

Raúl hizo un ademán afirmativo con la cabeza. Rosa Elena inició.

—Raúl, estás a punto de cometer un error que arriesgaría el patrimonio familiar. Las inversiones en la bolsa que estás a punto efectuar te llevarían a la bancarrota. El negocio en referencia es especulativo y complicado.

Tus socios han tratado de convencerte desde hace algún tiempo, tú te resistías y hoy les confirmaste que les darías tu firma. No lo hagas, estás a tiempo de cambiar de opinión.

Raúl se levantó lentamente. Parecía haber envejecido muchos años y afirmó.

—Ese es el mejor negocio de mi vida. Por primera vez tengo la oportunidad de ganar el 40 % en un negocio y bajo ningún pretexto voy a dejar pasar esta oportunidad.

Rosa Elena se levantó y lo abrazó. Raúl volteó la cara para mirarla, estaba tan triste que Rosa Elena sintió compasión.

—¿No has pensado qué es demasiado bueno para que sea cierto?

Raúl no respondió. No tenía argumentos para rebatir a esa mujer que decía ser su tía. Ante el silencio de Raúl, Rosa Elena no tenía otra opción que explicarle cómo se habían dado los eventos.

—Raúl, vengo del pasado, del año 2000. Mejor dicho, hicimos un viaje al futuro. Porque estamos en el año 2025. ¿No es así?

Rosa Elena pudo observar la tribulación en el rostro de su sobrino, tenía que convencerlo antes que la hiciera, echar por loca y continuó.

—Tú me recuerdas cuando yo tenía cincuenta años. No soy exactamente igual.

Rosa Elena no esperó que su sobrino contestara y prosiguió.

—Tengo la forma de demostrarte que no te estoy engañando. ¿Recuerdas a tu hermano Raulito cuando tenía cinco años?

—Cómo voy a olvidarme de mi hermano menor. Lo recuerdo perfectamente.

Rosa Elena se encaminó a la puerta, la abrió y llamó a Gabriel y a Raulito con una señal de la mano.

Raúl estuvo a punto de colapsar cuando observó a su hermano menor, a la edad de cinco años, entrar por la puerta. No salía de la sorpresa. Se recostó a la pared para no caer. Raulito se acercó corriendo a su hermano, lo abrazó y le dijo.

—¡Estás tan viejo como mi papá!

Raúl se comenzó a reír. No tenía duda esa mujer, que decía ser su tía, no lo había engañado. Tomó a Raulito en brazos, lo cargó y dio vueltas por toda la oficina. El niño le pidió que lo pusiera en el suelo y afirmó.

—Cucum —ese era el apodo que Raulito le había puesto a su hermano—, Hemos venido a advertirte de que no hagas ese mal negocio. Perderías mucho dinero.

Raúl comienza a reflexionar cómo era posible que Raulito estuviera en su oficina con el aspecto de un niño. Él estaba viajando con su papá atendiendo unos negocios en el extranjero. Sin embargo, casi nadie sabía ese apodo que su hermanito le había puesto. Rosa Elena le saca de sus cavilaciones y le pregunta.

—¿Todavía tienes dudas?

—Tienes que reconocer, tía, que la situación es de lo más anormal. Sin embargo, después de ver a Raulito, mis dudas se han disipado. Además, mis socios me están presionando para que firme antes de que mi papá regrese.

El timbre del teléfono interrumpe la conversación. Raúl contesta, su rostro se transforma, se le notaba el disgusto. Cierra la comunicación y afirma.

—Tengo que atender a mis socios. Voy a desistir de mi decisión de invertir en la bolsa. Ustedes espérenme en la otra oficina.

Raúl los hace pasar a una pequeña oficina. Rosa Elena, Raulito y Gabriel se instalan. Rosa Elena permanece cerca de la puerta para escuchar la conversación. Ella jamás había hecho algo semejante, pero se trataba de un asunto urgente y delicado. Los socios de Raúl entran a la oficina. Ernesto, el líder del grupo, traía unos papeles en la mano y se los extiende a Raúl y le dice.

—Estos son los documentos que debes firmar.

—He desistido de hacer la transacción que ustedes me aconsejaron. Esperaré que regrese mi padre de viaje.

Si Raúl hubiera tirado una bomba, el efecto hubiese sido menor. Ernesto, un hombre de un metro ochenta de estatura y complexión gruesa, empujó a Raúl con toda su fuerza y vociferó.

—No pienses, idiota, que te vas a burlar de nosotros.

Raúl, sorprendido por la respuesta agresiva de su socio, afirmó.

—No es una burla. He pensado mejor las cosas y no quiero correr el riesgo de perder esa cantidad tan significativa de dinero.

Rosa Elena escuchaba presa del pánico la acalorada discusión. De repente, Raúl grita fuera de control.

—¿Qué pasa, Ernesto? Guarda esa arma que se te puede disparar.

Rosa Elena no pudo contenerse y salió de la pequeña oficina. Los hombres se voltearon y gritando preguntaron.

—¿Quién demonio es esta mujer?

Raulito sale en busca de su tía y le dice.

—¡Cuidado, Memi, esos hombres malos te pueden matar!

—¿Qué está pasando aquí? —vuelven a preguntar los socios de Raúl.

Rosa Elena trata de tomar el control de la situación y afirma.

—Señores, por favor, conserven la calma. Les podemos explicar nuestra presencia.

Ernesto pierde el poco control que le quedaba y amenaza.

—Quieta, bruja, si no quieres morirte.

Raulito se acerca al «mastodonte» y lo golpea con la bota en la espinilla. Ernesto le da un manotón y lo hace caer. Raúl le grita fuera de sí.

—¿Cómo te atreves a pegarle a mi hermanito?

Ernesto no comprende nada. Todos están locos, sin embargo, lo único importante para él es que Raúl firme los papeles. Toma a Raulito por un brazo, le pone la pistola en la frente y amenaza.

—¡Si no firmas, este niño se muere!

Raúl mira desconcertado a Rosa Elena solicitando instrucciones. Rosa Elena comienza a reírse como una loca, mira hacia una esquina vacía de la oficina y abriendo desmesuradamente los ojos, dice.

—Gabriel, ¿qué esperas para actuar?

El más asombrado parecía ser Raúl; Ernesto y sus acompañantes comenzaron a carcajearse.

—Esta vieja se ha vuelto loca —afirmó Ernesto.

No había terminado la frase cuando recibió un fuerte puñetazo en la barbilla que le hizo perder el equilibrio y caer, soltó la pistola y antes que sus compañeros pudieran reaccionar, Rosa Elena la recogió. Retrocedió arma en mano y gritó.

—Quiero que sepan, maleantes de pacotilla, que estoy demente y dispuesta a matarlos uno a uno. Es más, no me podrán detener ni enjuiciar porque vengo del año 2000, Ja. Ja. Ja.

Los hombres estaban aterrados, Raúl sorprendido, Gabriel y Raulito divertidos. Ernesto no sabía quién le había propinado el golpe. ¿Quién era el tal Gabriel, que la vieja loca llamó?

—¡Cuidado, señora, que se le puede disparar el arma! —acotó Ernesto.

—¡Si se dispara será sobre tu pecho, estúpido!

Ernesto y sus compañeros le suplican a Rosa Elena que les perdone la vida. Ella les exige los papeles, los rompe y se los arroja a la cara. Los forajidos temblaban de pie a cabeza. Rosa Elena ordena.

—¡Lárguense de inmediato antes de que me arrepienta de salvarles sus miserables vidas!

Los hombres se encaminaron a la puerta de salida. Ernesto se volteó y preguntó.

—Señora, por favor dígame quién me golpeó.

—Fue Gabriel, el amigo imaginario de mi sobrino Raulito.

Ernesto se llevó la mano al pecho, su corazón latía fuerte. Esa era la última de las locuras que él estaba dispuesto a escuchar. Salió corriendo de la oficina, seguido por sus compinches.

—Tía, por favor explícame lo acontecido. No entiendo absolutamente nada—dijo Raúl.

—Lo que te contaré es tan fantástico que tendrás que hacer un gran esfuerzo para aceptarlo.

Rosa Elena le narró a Raúl la historia desde la creación de Gabriel, los viajes al pasado y las fabulosas aventuras. No le omitió detalle y cuando terminó, la expresión del rostro de Raúl le hizo comprender que los dos hermanos se parecían mucho, tenían gran capacidad para asimilar la magia. En ese preciso momento Raúl afirmó.

—Creo todo lo que me has contado y pienso que es maravilloso.

Al terminar de pronunciar estas palabras, Raúl salta como impulsado por un resorte y grita.

—¡Lo puedo ver, lo puedo ver!

—¿A quién ves, Raúl?

—A Gabriel, a Gabriel.

Raulito corre a los brazos de su hermano y lo abraza. Comprendió que él había pasado el puente entre lo visible y lo invisible. Y ahora era parte activa de la magia. Gabriel y Rosa Elena se unen al abrazo. Gabriel logró, con la magia, transformar lo imposible en un asunto cotidiano. El timbre del teléfono interrumpe el abrazo. Raúl contesta: ¿Quién habla? Separa el auricular y lo tapa con una de sus manos y dice.

—Eres tú quien llama, Rosa Elena, pero lo haces desde el presente —bromea diciendo—. ¿Quieres hablar contigo misma?

Rosa Elena sonríe y niega con la cabeza. Raúl sigue conversando con su tía que necesitaba que le enviara el chofer para ir al médico. A sus setenta y cinco años tenía los achaques propios de su avanzada edad. Cuando termina la conversación por teléfono, Raúl les sugiere a los visitantes darles un paseo para que puedan contemplar la ciudad.

—¿Dónde está el carro? —pregunta Raulito.

—Los ejecutivos no usamos carros, sino helicópteros.

Raulito estaba fascinado, gritaba lleno de emoción. Todos subieron y emprendieron el viaje. Raulito hacía muchas preguntas y Raúl con la mejor de la sonrisa se las contestaba.

—¿Cómo se llama ese tren grande? —pregunta Raulito.

—Es un tren ligero a nivel —responde Raúl.

—¿Y los autobuses, los diablos rojos? —curiosea Rosa Elena.

Raúl sonríe y responde.

—Esos autobuses desaparecieron hace más de quince años. El transporte en los últimos años ha mejorado mucho. Ahora las personas no tienen que levantarse dos horas antes para llegar temprano a sus trabajos. Las rutas son transversales, el equipo es moderno y el costo del transporte es barato.

Raúl les explica que el nuevo sistema de transporte, funciona con cuarenta coches que viajan a una velocidad de ochenta kilómetros por hora, dirigidos por una estación central electrónica que le da la señal. El punto de partida, la Plaza 5 de mayo hasta finalizar en San Isidro, San Miguelito. La ruta se extiende por trece kilómetros y tiene capacidad para transportar 150,500 pasajeros por día.

Rosa Elena pudo contemplar la belleza de su país. Grandes construcciones, de varios pisos, lo que la modernidad llama edificios inteligentes, amplias avenidas y hermosos parques. Los visitantes estaban complacidos con el progreso y desarrollo de su ciudad. Después de un largo paseo, Raúl los invita a cenar. En ese momento Rosa Elena comprende que se les ha hecho tarde y deciden ir a un restaurante de comida rápida.

Raulito le pregunta a su hermano mayor que si en su tiempo existían las escuelas porque a él no le gustaba mucho la idea de ir todos los días a clases.

Raúl le explica que el modelo de enseñanza había sido reformado con las nuevas tecnologías en un intento para solucionar los problemas del aprendizaje, esto incluía nuevas herramientas, mejoras en el ambiente de instrucción, cambios en el modelo de la educación en el aula de cuatro paredes, favoreciendo así un aprendizaje autónomo, además, presentaba muchas opciones virtuales agradables, atractivas y novedosas, en donde el estudiante deja la pasividad y entra a interactuar con su ordenador.

Raulito pierde la paciencia y afirma.

—Cocún, dime si tendré que ir a la escuela.

—Sí, Raulito no te vas a poder escapar de esa responsabilidad.

Rosa Elena le manifiesta a Raúl que a través de esas travesías por el tiempo su mayor preocupación ha sido el medioambiente. Era testigo de la destrucción del entorno natural y de la indiferencia ciudadana por la conservación de los recursos ecológicos.

—Raúl, probablemente el proceso de extinción de la raza humana ya está en marcha, la Tierra se prepara para expulsarnos porque le estorbamos; el agujero de la capa de ozono, el cambio climático, el deshielo polar son algunos avisos. Si mantenemos ese irresponsable ritmo de actuación sin comprometernos realmente desde ahora mismo, tendremos quizá el triste privilegio de ser testigo y copartícipe de cómo nuestra civilización se hunde tan velozmente cómo ha progresado hasta desaparecer sin remedio. Hay que frenar este absurdo. ¿No lo crees?

Raúl sonríe, abraza a su tía y le afirma.

—Los esfuerzos que se han hecho en materia de conservación ecológica están dando resultado, tengo que advertirte que en un inicio fue con la finalidad de atraer turistas a las bellezas naturales de nuestro país, pero con esos se dio la protección de las áreas silvestres ricas en biodiversidad, a grupos conservacionistas y a los administradores de los parques.

Raúl hace una pausa y respira profundo, hablar sobre los resultados de este proyecto lo animaba a seguir luchando por conseguir los objetivos, que hace dos años, se habían propuesto un grupo comprometido con la conservación del medioambiente. Él formaba parte de la directiva y era uno de los más pujantes de sus miembros. La Asociación Ecología y Desarrollo formada por un grupo de profesionales que deseaban contribuir a construir un desarrollo mediante la generación de alternativas ecológicamente sostenibles, socialmente justas y económicamente viables.

—Tía, formo parte de una asociación encargada de la coordinación de todos los esfuerzos e iniciativas en favor del medioambiente. Hemos logrado varias de nuestras metas y estamos conscientes que este es un trabajo para el resto de nuestras vidas.

La preocupación de Rosa Elena por la destrucción del medioambiente quedó satisfecha y ya más tranquila conversa sobre otros temas, entre ellos la política. Raúl contemplaba a su tía entre divertido y admirado. Los visitantes regresan a la oficina de Raúl para preparar el viaje de vuelta. Llega la hora de la despedida. Raúl abraza varias veces a su pequeño hermanito, también lo hace con Gabriel y con Rosa Elena.

—Les agradezco mucho la ayuda que me han brindado. Estuve a punto de cometer el error más grande de mi vida.

—Lo hicimos con mucho gusto. No te preocupes y aprende la lección. La confianza debe estar unida a la cautela. No lo olvides. Raúl, quisiera saber qué cosas interesantes han ocurrido en estos veinticinco años en nuestra familia.

—Tía, si te lo cuento. La vida dejaría de tener ese atractivo que da el no saber el futuro. Eso fue lo que tú le dijiste a Tota y a mi abuela Rosa. Tú misma me lo expresaste. ¿No lo recuerdas?

—Sí, Raúl, y tienes razón. Es mejor no conocer el futuro. Que cada día traiga su encanto.

Raúl abraza y le da varios besos a su tía. La puerta de la oficina se abre y entran una mujer de más o menos cuarenta y cinco años, alta, rubia y atractiva, acompañada de una jovencita de catorce años. Se sorprende por los visitantes de su esposo. La adolescente corre en dirección a Raulito y le dice.

—Eres idéntico a mi primo Raulito.

—¿Quién eres tú?

—Soy hija de Raúl.

—Entonces eres mi sobrina —respondió Raulito.

Susana, la esposa de Raúl, escucha la conversación entre intrigada y divertida. Rosa Elena interviene para darle fin a esa situación tan especial. Se acerca a la mujer, la saluda y le explica que ya ellos se retiraban.

—Un momento —dice Susana.

—Usted se parece mucho a Rosa Elena, la tía de Raúl, lo único que usted es mucho más joven. Tengo entendido que ella no tiene hijas.

Raulito se impacientó y afirmó de forma categórica.

—Ella es Rosa Elena, veinticinco años más joven y yo soy Raulito, cuando era niño y a Gabriel, tú no lo puedes ver, porque es invisible, solo lo pueden ver los que creen en él.

Susana se sentó en el sofá. Sus piernas no la podían sostener. Jazmín, la hija de Raúl y Susana, se acerca a Raulito y le pregunta.

—¿Gabriel, es algo así como tu amigo imaginario? Yo tuve una amiguita imaginaria y se llamaba Pauline.

Raulito besa y abraza a Jazmín. Raúl observa enternecido la escena. En ese instante, la joven grita llena de entusiasmo.

—¡Está ahí, se mueve, se mueve, yo también lo puedo ver!

Susana se levanta del sofá, se acerca a su hija y pregunta.

—¿A quién estás viendo?

—A Gabriel, por supuesto.

Rosa Elena advirtió que debía retirarse. Se acercó a Raulito lo cogió de la mano y se despidió de toda la familia. Raúl los dejó partir, experimentaba sentimientos encontrados; por un lado, una alegría sin límites por tener la facultad de advertir la magia; por otro, el alivio de evitar un error que pondría en aprietos económicos a la familia. Rosa Elena, Gabriel y Raulito salieron en dirección a los estacionamientos. Se tomaron de las manos, cerraron los ojos y en fracciones de segundo regresaron, esta vez no fue a la habitación de Raulito, sino al área social del edificio donde vivía Raulito. Rosa Elena no entendía la razón por la cual el escenario del regreso había sido variado y le pregunta a Gabriel.

—¿Por qué razón no regresamos a la habitación de Raulito?

—Por una sencilla razón. Esta vez nuestra misión demoró más que las anteriores y cuando Aileen llegó a la habitación de su hijo y no nos encontró, me di cuenta y le dejé un papel en la cama de Raulito donde imité tu letra y le decía que estaríamos en el área social del edificio.

Rosa Elena comprendió que Gabriel tenía la situación controlada y que no había de qué preocuparse. Los tres andariegos regresan al apartamento. Aileen y Rosa María los estaban esperando. Rosa los observa detenidamente y afirma.

—Cualquiera que los viera pensaría que vienen de un largo viaje y no del área social.

Raulito se adelantó en contestar y afirmó.

—Venimos de ver a Raúl, mi hermano.

Rosa Elena le aprieta fuertemente la mano y Raulito corrige de inmediato.

—En nuestro viaje imaginario fuimos a visitar a Raúl.

Aileen sonríe y Rosa María le da una mirada de soslayo a su tía Rosa Elena y expresa.

—Tía, ¡por favor no me explique, que me da miedo!

CAPÍTULO 8

*E*l teléfono sonaba y sonaba, Rosa Elena estaba acostada y no deseaba abrir los ojos. Se incorporó y contestó. Era Raulito. Estaba entusiasmado y le expresó.

—Tía, hoy nosotros haremos otro viaje al futuro, Visitaremos a María Elena, mi hermana, Gabriel lo tiene todo preparado y aunque no lo creas, este va a ser un itinerario interesante.

Rosa no tenía la menor duda de que la mencionada travesía sería fascinante. Sin embargo, pudo percibir en el tono de la voz de Raulito que ya Gabriel le había adelantado algo.

—¿Me puedes adelantar algo?

—Gabriel me dijo que tú ibas a hacer esa pregunta y que te respondiera que no perdieras el tiempo y que llegaras lo antes posible.

A Rosa Elena le intrigaba mucho ese encuentro con María Elena, su sobrina y ahijada. Cuando llegó a la casa de Raulito pasó directo a la habitación donde la esperaban los dos niños. No la dejaron ni hablar, la tomaron de la mano y se sintió ligeramente mareada. Todo había sido rápido.

—¿Dónde estamos y en qué año? —preguntó Rosa Elena.

Gabriel la soltó de la mano y le recomendó que se sentaran. Estaban en la recepción de una lujosa oficina. Rosa Elena escuchó el murmullo de voces de las oficinas cercanas. Gabriel bajó el tono de su voz y afirmó.

—Estamos en las oficinas de la revista: La Moda. En una de esas oficinas está María Elena a punto de firmar un contrato exclusivo por un período de cinco años. Se me olvidaba de decirles que estamos en el año 2004.

—¿Cuál es el problema? —preguntó Rosa Elena.

—El problema es que María Elena no le ha pedido ni opinión ni consentimiento a su papá. No ha terminado su carrera de Administración de Empresa y está dispuesta a dejarlo todo por el modelaje, inclusive está decidida a confrontar y desobedecer a sus padres —respondió Gabriel.

A Rosa Elena no le parecía tan grave el problema que Gabriel le refería.

—Gabriel, dime de una vez por todas, ¿cuál es el inconveniente? Pues lo que refieres no es tan grave.

Gabriel se levantó y se acercó a Rosa Elena. Su tono de voz era tan bajo que casi no se oía.

—El contrato es un engaño, la mencionada revista no es más que un artificio. Ellos han contratado veinticinco bellas jovencitas que supuestamente participaran en un desfile de moda en París, lo que pretenden es transportar en el equipaje de las modelos gran cantidad de droga, heroína. Cuando lleguen a París le dirán que el contrato ha sido cancelado y las devolverán a Panamá.

Rosa Elena no salía del asombro, su querida sobrina corría grave peligro. Era urgente hablar de inmediato con ella. Sin embargo, era consciente de que se imponía proceder con mucho cuidado. Era la primera vez que se enfrentaban a una amenaza tan grande. A ella le tocaba tomar la iniciativa y actuar con mucha cautela. Les explicó a Raulito y a Gabriel que ella hablaría primero con María Elena y después si era necesario los llamaría a ellos. Raulito no quería aceptar y su tía le tuvo que explicar que era la única forma de no arriesgar a su hermana.

Rosa Elena se acercó y le pidió a la secretaria que la anunciara con la modelo María Elena. La hicieron esperar como quince minutos. La secretaria le informó que podía pasar. Rosa Elena entró a una oficina bellamente decorada con grandes ventanales y mucha iluminación.

En el fondo estaba María Elena y un joven que le tomaba fotos. Rosa Elena observó detenidamente a su sobrina, una joven bella, de piel blanca y cabellos rubios que le cubrían los hombros, delgada y esbelta. Lo que más resaltaba su atractivo era su distinción. Tenía mucha gracia, esa gracia que nace de la energía creativa con el estilo. Su vestido era sencillo y de buen corte. Ella había aprendido que la elegancia es el arte de la moderación, es distinguirse entre la multitud con discreción. El atuendo nunca debe eclipsar a la mujer que lo lleva, sino permitir que la luz interior brille.

Rosa Elena esperó pacientemente. Una vez terminada la sesión de fotos, el joven las dejó solas. María Elena se acercó a su tía y le expresó.

—Te ves divina, tía querida, hasta podría decir que te ves más joven.

Rosa Elena sonrió, cómo no se iba a ver más joven si tenía cuatro años menos. Abrazó a María Elena y le contestó.

—Tú eres la que luces bella. Eres toda una mujer.

Más que sobrina y tía parecían dos viejas amigas. Conversan unos pocos minutos de asuntos triviales y Rosa Elena interrumpe a su sobrina y le dice.

—Mi visita no es social, te vengo a hacer una advertencia. Antes quiero que sepas que te quiero mucho y que siempre he deseado lo mejor para ti.

—Eso nunca lo voy a dudar, tía, no me asustes y dime qué es lo que sucede.

Rosa Elena se levantó de la silla y comenzó a caminar por la oficina. Verificó la cerradura de la puerta de entrada y la cerró. María Elena se comenzó a alarmar. Su tía nunca se había comportado de esa manera. Rosa Elena la sacó de sus reflexiones y afirmó.

—Tienes que prepararte mentalmente para escuchar algo insólito que ni te puedas imaginar.

Tuvo que hacer una pausa. María Elena tenía los ojos desorbitados. Su bello rostro sudaba copiosamente y las manos le temblaban. Rosa Elena se acercó y le dijo.

—No me defraudes, siempre te he considerado una chica valiente. Compórtate como las mujeres de nuestra familia.

María Elena se levantó de la silla, abrazó a su tía y le respondió.

—No te preocupes, estoy lista y me comportaré como toda una mujer.

Rosa Elena sonrió, ella sabía que, aunque temblara, podía confiar en su pequeña. Para ella siempre seguiría siendo una niña. Se acercó al bar de la oficina y se sirvió un vaso de agua. Lo tomó lentamente y le dijo a su sobrina.

—María Elena, espero que no hayas firmado el contrato.

—Tía, no pienses que perderé esta oportunidad y si mi papá ya lo sabe y te mandó, pierdes tu tiempo.

—Tu papá no sabe nada, ni me mandó. La situación es mucho más grave. Lo del contrato es un engaño y tú y las otras veinticuatro modelos van a ser usadas como mulas en un cargamento de drogas.

María Elena se llevó la mano a la boca para no gritar. Rosa Elena continuó sin hacerle caso al asombro de su sobrina. Ella no tenía tiempo que perder.

—Cuando logren pasar la droga y lleguen a París, se dará por cancelado el contrato y las devolverán a su país.

—Eso no puede ser y no entiendo cómo tienes esa información. Por favor tía, no me haga esto.

Rosa Elena comprendía el dolor y la frustración de María Elena, pero se trataba de su seguridad y ella no estaba dispuesta a correr ese riesgo. Quería muchísimo a Mary. Sacó de su bolso un pañuelo y limpió las lágrimas de la desconsolada joven y agregó.

—Tengo el conocimiento de una fuente que nunca me ha fallado. Te voy a demostrar que lo que te estoy diciendo es verdad. Me acompaña tu hermano Raulito y un amigo. Ese amigo fue quien nos relató todo este asunto.

—No puede haber venido con Raulito. Él salió de viaje con mi papá a los Estados Unidos.

Rosa Elena sabía que tenía que advertir a María Elena antes de avisarle a Raulito y afirmó.

—María Elena, venimos de tu pasado, o mejor dicho, hicimos un viaje al futuro. Prepárate porque vas a ver a Raulito cuando tenía cinco años.

María Elena comienza a reírse y a taparse la cara. Le daba pena no contener su hilaridad. Rosa Elena se acerca a la puerta, llama a Raulito y a Gabriel. Los dos niños entran y María Elena cae de sus pies. Rosa Elena se acerca y la ayuda a levantarse. Raulito corre a los brazos de su hermanita y la besa varias veces. María Elena recuerda que cuando nació Raulito, ella no lo aceptaba, era hijo de su papá con el último matrimonio y ella se sentía desplazada. Su tía Rosa Elena fue la que le habló de su hermano y la enseñó a quererlo. Ahora ella lo amaba entrañablemente.

—Raulito, ¿por qué razón estás tan chiquito? Preguntó María Elena.

—Porque tengo cinco años.

María Elena movía la cabeza una y otra vez en señal de que no entendía absolutamente nada. Rosa Elena se acerca y le pregunta.

—¿Puedes ver al amigo de Raulito?

—¿A quién? No me asustes que solamente los veo a ustedes dos.

Rosa Elena le explica a su sobrina las aventuras con Gabriel. María Elena sugiere que hagan un plan para poder salvar a las demás modelos. Rosa Elena comprende la solidaridad de su sobrina y acepta elaborar un plan para apresar a esos delincuentes. Rosa Elena se pone al día con las nuevas autoridades. Queda complacida cuando María Elena le revela el nombre del procurador del 2004. Era un abogado amigo de ella. Salen de la oficina hacia la procuraduría. Cuando estaban a punto de abordar el ascensor. Una de las modelos observa el parecido de Raulito con el hermano menor de María Elena y afirma.

—Este niño es igual a tu hermano, pero es menor. No sabía que tenías un hermano pequeño.

Rosa Elena se adelanta y contesta.

—No es hermano, es un primito.

Salen apresuradamente de la oficina con miedo de que Raulito pudiera cometer una imprudencia y revelara su verdadera identidad. Una vez en los estacionamientos suben al carro de María Elena y se dirigen a la procuraduría. El automóvil deportivo de dos puertas resulta incómodo. María Elena le pide a su hermano sentarse en el asiento trasero y dejarle el delantero a su tía. Al llegar a la oficina de su amigo abogado, Rosa Elena se anuncia y afirma que es urgente. Los hacen pasar de inmediato. El procurador se levanta del escritorio y expresa.

—¡Qué alegría me ha dado tu visita, Rosa Elena, cada día estás más joven!

—Gracias, César, nosotros estamos aquí para desenmascarar a unos delincuentes y necesitamos tu ayuda.

—No te preocupes, estoy para servirte, además, ese es mi trabajo.

Rosa Elena procedió a darle todas las explicaciones del caso, omitiéndole por supuesto lo del viaje al futuro, María Elena y Raulito ya habían sido advertidos y permanecen en silencio. Rosa Elena le presentó a su sobrino y le explica el plan detenidamente. Cuando terminó el relato, César parecía preocupado y opinó.

—Me parece peligroso para tu sobrina que se trasladen al aeropuerto con el cargamento. Si ellos la descubren la pueden matar. No tienes de qué preocuparte, yo estaré en ese viaje y pienso que la puedo proteger, además, estoy segura de que contaremos con tu apoyo. ¿No es así?

—No lo dudes, pero, aun así, me parece peligroso.

—Si no es así, no los vamos a atrapar. Ellos deben recibir su castigo, por jugar con las ilusiones nuestras —afirmó María Elena casi llorando.

Rosa Elena le explicó a su amigo que su sobrina había interrumpido sus estudios por la carrera de modelaje y todo resultó ser un fiasco. César estudia cautelosamente el plan de las improvisadas agentes secretas, le hace algunas modificaciones y acuerdan proceder de inmediato. El viaje sería en cuatro horas.

María Elena lleva a su tía a una agencia de viaje de una amiga y compran los pasajes del viaje a París. Todo lo calcularon para que coincidieran en el mismo vuelo. Tenían el tiempo justo para llegar al aeropuerto. Camino a la terminal aérea, Rosa Elena y María Elena repasan cuidadosamente el plan. En las oficinas de registro en el aeropuerto, María Elena se uniría al grupo de las modelos y Rosa Elena y Raúl se colocarían a una distancia prudente para así no levantar sospechas. Llegan a la terminal y de inmediato se separan como lo acordado en el plan.

Rosa Elena observa a distancia todos los movimientos de su sobrina. María Elena conversaba animadamente con las modelos. Una de ellas, la que había reparado en el parecido de Raulito con su hermano e insistía en lo mismo. María Elena, visiblemente disgustada, le expresa.

—No seas insistente, ya te explicamos ese asunto, por favor no me fastidies.

La modelo guarda silencio, alarmada, «María Elena siempre se había caracterizado por su buena educación y autocontrol, por qué razón estaba tan irritable», pensó. Inconforme con la respuesta que le había dado María Elena, Julia, la modelo impertinente se acerca a Rosa Elena y le hace la misma pregunta.

—Este niño es tan parecido al hermano de María Elena, que si no fuera tan pequeño, diría que es la misma persona.

Esta vez es Raulito el que responde.

—No seas necia y vete.

Rosa Elena reprende a su sobrino y le pide excusas a Julia. La modelo se retira visiblemente enojada. En ese preciso instante llegan las maletas de las modelos. Cada una de ellas tenía dos valijas grandes y un maletín de mano, que eran llevadas en varios carros. En la oficina de aduana en el departamento de revisión de equipaje había solamente tres hombres. El que parecía el jefe abrió solamente la primera maleta. Varios vestidos largos voluminosos quedaron al descubierto. María Elena se voltea y mira a Rosa Elena, le sonríe. Recuerda que César le había prometido que, en el momento oportuno, llegarían sus hombres y harían un operativo de sorpresa. Jorge, el encargado de la agencia de modelos, un hombre como de cincuenta años, parecía nervioso. Se acercó a María Elena y la tomó por un brazo. A Rosa Elena le llamaba mucho la atención que en un clima tan caluroso como el de Panamá, ese hombre llevara puesta una chamarra de cuero. ¿Qué pretendía ese hombre con su sobrina? No podía aproximarse a ellos, levantaría sospechas. De repente se acordó de Gabriel y lo llamó.

—Gabriel, por favor, averigua qué quiere ese hombre con María Elena.

—No te preocupes, enseguida te informo.

Minutos después, Gabriel regresó y le dijo.

—Como todos los delincuentes, ese hombre sospecha hasta de su propia sombra y le ha preguntado a María Elena qué hace su tía en el mismo vuelo de ellos.

—¿Qué le dijo María Elena? —preguntó Rosa Elena

—Ella es tan creativa como su tía. Y le comentó que tú pensabas que él estaba enamorado de ella y no la dejaría hacer ese viaje, sola y tan lejos, con ese viejo verde. El hombre se rio a carcajadas y le manifestó a María Elena que tú eras una vieja trastornada.

El jefe de aduana, después de revisar cuidadosamente una de las maletas del equipaje de las modelos, les ordenó a los empleados pasar el resto del equipaje sin revisión.

La tranquilidad en la terminal fue bruscamente interrumpida. Doce hombres fuertemente armados irrumpen en el lugar. Rosa Elena toma de la mano a Raulito y avanza resueltamente en dirección a donde se encontraba María Elena. Jorge ya estaba al lado de su sobrina, la sostiene fuertemente por un brazo, saca rápidamente una granada de su chamarra y la amenaza, colocándola en el bello rostro de la modelo. Presa del pánico Rosa Elena grita.

—Gabriel, por favor actúa.

María Elena, temblando de pánico, ante semejante amenaza, voltea la cabeza y en ese momento observa como un niño de aproximadamente cinco años, de cabellos rubios y ojos grises, le proporciona una patada en la parte más delicada a Jorge. Este se tambalea y Rosa Elena aprovecha el desequilibrio y lo empuja con todas sus fuerzas. Jorge suelta la granada y cae pesadamente; dos de los agentes armados se le tiran encima. Gabriel apresuradamente recoge y sostiene la granada. Solo Rosa Elena, Raulito y María Elena están en la facultad de verlo. Las demás personas observan la granada suspendida en el aire. Rosa Elena se acerca a Gabriel y le solicita con una mirada que le entregue la granada. La toma con mucho cuidado y se la entrega al jefe del comando especial.

El caos reinante fue controlad por el resto de los agentes del orden. Después que se hicieron las detenciones del caso, el procurador se acercó a las heroínas de la operación encubierta. Rosa Elena le contó del valor de su sobrina en medio de la confusión del momento, y el miedo que ella sintió que Mary y Raulito salieran lesionados.

César hizo pasar a Rosa Elena y sus sobrinos a una oficina privada en el aeropuerto, y sin rodeos preguntó.

—Quiero que me expliquen, ¿cuál fue la fuerza invisible que las ayudó a desarmar a ese delincuente?

Rosa Elena le hace un ademán a María Elena para que no se apresure a sacar conclusiones. Ella desatiende la advertencia de su tía y presa de la emoción, responde.

—Fue Gabriel, el amigo de Raulito.

César miraba a uno y otro lado buscando a Gabriel. Se dirigió a Rosa Elena y le comentó.

—No se atrevan a decirme que andan con el hombre invisible. Ya regañé a uno de mis hombres que lo sugirió.

Rosa Elena se sentó en la silla al lado de César y con calma y paciencia le explicó la situación. El relato le parecía a César sacado de un cuento de brujas. Pese a eso, no se atrevió a interrumpir a su amiga. La observaba fijamente y recordó que la última vez que la vio, Rosa Elena tenía otra apariencia y se veía con más edad. Todo coincidía. Su amiga había hecho un viaje al futuro. Siempre supo que era una mujer excepcional, para ella no existía la palabra imposible. Además, siempre estuvo interesada en temas sibilinos. Sobre todo, ahora que se dedicaba a la literatura. César no tuvo otro remedio que aceptar la versión de su amiga. Sin embargo, sentía que necesitaba una prueba física. No expresó sus pensamientos por temor a ofender a su querida amiga. Se iba a levantar de la silla cuando experimentó una fuerte sacudida. Sobre su mano derecha se posó la mano de un niño pequeño. Miró a Raulito y pudo observar que se encontraba a dos metros de distancia. No era la mano de ese niño la que sintió, entonces escuchó una risita, volvió a mirar a Raulito y el niño estaba serio. No pudo más y preguntó.

—¿Quién se ríe?

—Es Gabriel —respondió Raulito. Rosa Elena y María Elena mueven la cabeza asintiendo para reafirmar las palabras de Raulito.

César se levanta y afirma en un tono de convencimiento.

—Ya no tengo dudas. Pensé que necesitaba una prueba física y la acabo de experimentar.

Rosa Elena, Raulito, Gabriel y María Elena se despiden de César y le agradecen sus servicios. Él les manifiesta que se siente compensado con la labor que ejecutaron. Felicita a Raulito y a Gabriel por ser los agentes encubiertos más jóvenes de todo el país. En ese momento se abre la puerta de la oficina y un hombre joven, alto, delgado, de porte distinguido y atractivo, se detiene en el umbral. Cesar lo invita a pasar, es su hijo mayor, hace las presentaciones. Roberto se queda inmóvil cuando mira a María Elena. Nunca había visto a una mujer tan bella. Queda ensimismado. María Elena, por su parte, tampoco parece reaccionar. El inesperado visitante le resulta encantador y fascinante. Rosa Elena hace un llamado de atención; y ambos reaccionan a la par. Cuando Roberto toma la mano que María Elena le extiende, percibe que ha encontrado a la mujer de su vida. Ella enrojece embargada por la emoción. Tiene la certeza que un sentimiento profundo la unirá a ese galán.

Rosa Elena y su sobrina se cruzan una mirada cómplice. Mary le envía un beso con la punta de los dedos. No solamente la vino a proteger, sino a poner en su camino un hombre tan interesante y atractivo.

María Elena invita a su tía y a su hermano a cenar en el restaurante más moderno del país: El Millenium. Durante la cena, Rosa Elena le pide a su sobrina que llame a su padre y le explique los acontecimientos. María Elena afirma.

—Tía, no me va a creer y es más, va a pensar que eso del modelaje me volvió loca.

—No te preocupes querida. En el diario en primera plana está una fotografía de todos. Menos Gabriel, él no salió, pero cuando tu papá vea la foto de Raulito de cinco años, te aseguro que te va a creer. Compra dos periódicos y me regalas uno. María Elena se apresura y los compra, ella observa cuidadosamente la foto. Sin duda, cuando su papá viera la prensa no tendría más remedio que creerle. Entra al restaurante y le entrega uno de los diarios a su tía. Después que cenaron y conversaron por unos minutos, llega la hora de la despedida. María Elena no deseaba que ellos se fueran. Se acerca a su tía y en el oído le susurra, mañana voy a salir con Roberto, él es un hombre maravilloso. Rosa Elena sonríe complacida. Mary vuelve a abrazar una y otra vez a su hermanito y a su tía. En ese momento se escucha.

—¿Y para mí no hay un abrazo?

Una vez más, María Elena puede ver a Gabriel. Se acerca, lo abraza, lo besa repetidamente y le dice.

—Gracias, querido, si no hubiera sido por ti, en estos momentos estuviera detenida en el extranjero, víctima del engaño de un malhechor.

Gabriel le corresponde las caricias y le afirma.

—No tienes nada que agradecerme. El crédito es de tu hermano Raulito, el gran amor que él te tiene fue el que hizo posible esta misión.

María Elena se acerca a su hermanito, lo carga y da varias vueltas con él. Raulito le pide que lo ponga en el suelo y expresa en tono solemne.

—No hagas eso, Mary, no ves que ya soy un hombre grande. ¡Soy un agente encubierto!

Estas palabras provocan la hilaridad del grupo. Rosa Elena se despide finalmente de su sobrina, confirmándole que siempre y en todo momento podrá contar con ella. Rosa Elena, Raulito y Gabriel se toman de las manos y regresan al tiempo presente. Una vez en la habitación de Raulito, Rosa Elena esconde en su bolso el diario que le entregó María Elena. Ella se fija en el reloj para ver el tiempo que había pasado. Habían transcurrido dos horas. Aileen no había regresado y Rosa Elena dispone almorzar con su sobrino. Minutos después regresa Aileen y conversan sobre diferentes temas. A la hora de costumbre, Rosa Elena se despide y se retira a su casa.

cAPÍTULO 9

Se acercaba el cumpleaños de Raulito, Rosa Elena estaba entusiasmada con la fiesta, Aileen la había llamado para invitarla. Habían contratado varios payasos para que animaran la reunión.

Esa misma tarde Rosa Elena recibe una llamada extraña. Al principio no reconoció la voz. Era Gabriel que le pedía que viniera enseguida a la casa de Raulito. Tenía urgencia de hablar con ella. Llegó sin avisarle a su cuñada. En la entrada del edificio, Gabriel la esperaba. Le solicitó que se sentaran a conversar en privado en la sala de espera del edificio. Rosa Elena se sentía inquieta porque Gabriel parecía nervioso.

—Dime de una vez por todas que te traes. ¿Cuál es la urgencia? ¿Qué nueva locura has inventado?

—No es ninguna locura, mi misión está a punto de concluir. En la fiesta de cumpleaños de Raulito me debo despedir y todavía nos falta un viaje para resolver un problema que tendrá un hijo de Raulito en el futuro.

—Eso sí que es demencial, ¿me vas a decir que un niño de cinco años va a visitar a su hijo?

—No hay alternativa, Memi, tenemos que ayudar a tu sobrino nieto.

Rosa Elena soltó una carcajada, ya nada la extrañaba. Sin embargo, el saber que este era el último viaje le proporcionaba cierto nivel de tranquilidad y afirmó.

—¿Cuándo vamos a hacer ese último viaje?

—Ahora mismo, Raulito nos está esperando.

Rosa Elena no contestó. Se levantó de la silla y se dirigió al ascensor. Gabriel la siguió y los dos entraron en la casa de Raulito. Él los esperaba. Una vez en la habitación se tomaron de las manos y cerraron los ojos. Esta vez Rosa Elena reconoció el entorno de inmediato.

Era las oficinas de su hermano Raúl, donde ella había trabajado por veinticinco años. La estructura había sido ligeramente modificada y los muebles los habían reemplazado. En las oficinas no había nadie. Rosa Elena se sienta en el escritorio situado a la derecha. Algo llama su atención, en la agenda que estaba encima del escritorio había una fecha 18 de enero de 2050, no podía creerlo, se levanta lentamente y camina hacia Gabriel y lo cuestiona.

—¿Cuál es la misión? ¿En qué año estamos?

Gabriel parece divertido, está seguro que este va a ser el viaje que a Rosa Elena más le va a gustar. De todos sus hermanos, a ella es la que más le gusta la política. Lo lleva en la sangre. Gabriel hace una exagerada inclinación y contesta.

—Estamos en el año 2050. Dentro de dos días se llevará a cabo las elecciones primarias del Partido Acción Ciudadana, Raúl, el hijo de Raulito, es candidato presidencial.

Rosa Elena se sobresalta. Experimenta una emoción incontrolable. Se siente feliz. Raulito la mira como si estuviera loca y pregunta.

—¿Cómo voy a tener un hijo, si solo tengo cinco años?

Gabriel se aproxima a Raulito y le dice.

—Raulito este es un viaje al futuro y han pasado cincuenta años.

Raulito cae en cuenta y lo acepta de inmediato. Rosa Elena le solicita a Gabriel que les aclare la situación y les diga cuál es la intervención de ellos en este asunto. Gabriel comienza por explicarles la confusión política imperante. Hay cuatro candidatos presidenciales a las primarias. La mayoría de los adherentes del partido simpatizan con el candidato Raúl. Sin embargo, uno, de los otros candidatos de nombre Fernando, trama un fraude.

Acaba de inscribir ilegalmente a dieciocho mil personas de otros partidos para que voten por él. La misión de ellos es advertir a Raúl del fraude y ayudarlo a desenmascarar a ese sinvergüenza. La puerta de la oficina se abre y entra un hombre alto, de porte distinguido, cabellos rubios y piel trigueña. Se sorprende al encontrarse con Rosa Elena y Raulito. Se acerca a la señora y le pregunta.

—¿Qué desea? ¿Quién le abrió la puerta de mi oficina?

Rosa Elena no contesta, sino que lo mira detenidamente. Este señor se parece mucho a Raulito. Raúl se acerca más y le expresa.

—Usted es idéntica a un retrato que yo vi de mi tía Rosa Elena, la hermana de mi abuelo.

Rosa Elena no sabía que contestar, que no se oyera como la peor de las locuras. Raulito se adelanta y contesta.

—Ella es tu tía Rosa Elena.

—No puede ser, ella murió hace veinte años. Yo tenía quince años cuando ella murió.

Raulito se acerca a Raúl y toma de la mano y le expresa.

—Te digo que ella es tu tía y yo soy tu papá.

Raúl lanzó una carcajada, esto, sí que era el colmo, que un niño tan pequeño le dijera que era su papá.

—¡No te rías y respétame! —exclamó Raulito.

Rosa Elena decide ponerle fin a tan singular paradoja y le pide a Raúl que pasen a su oficina privada. Los tres entran en la oficina y Raúl procede a cerrar la puerta. Rosa Elena se dirige a una mesa de conferencia que está al final de la oficina. Comienza a examinar unos papeles. Eran propagandas para la candidatura de su sobrino. Raúl la llama y le dice.

—Por favor, señora, espero que me pueda aclarar lo que ocurre.

—Raúl, tiene que prometerme que me escuchará atentamente y no me va a interrumpir. Al final le contestaré cualquier interrogante.

Raúl hace una seña con la cabeza para reafirmar que está de acuerdo. Rosa Elena se levanta y afirma.

—Lo que te ha dicho el niño es cierto, hemos venido del pasado, hicimos un viaje al futuro para evitar que seas víctima de un fraude electoral. Fernando, uno de los candidatos a las elecciones primarias, ha inscrito fraudulentamente dieciocho mil adherentes al partido que ya están afiliados a otros colectivos.

Raúl no salía del asombro, esta historia le parecía de lo más inverosímil, sin embargo, tenía varios días de haber escuchado ese mismo rumor. Su tía Rosa María, jefa de su campaña, se lo había advertido. Lo mismo había hecho su tía María Elena, encargada de las finanzas del partido, y su abuela Aileen cada vez que lo llamaba insistía en que se cuidara que le harían un fraude. Además, esa señora era igual a la hermana de su abuelo. En eso no había la menor duda.

Raulito se le acercó y le dijo.

—Prepárate para oír lo peor.

Raúl pareció no escucharlo y preguntó.

—¿Quién les ha dado esta información?

Raulito se apresuró para afirmar.

—Eso mismo era lo que te iba a decir. Gabriel fue la persona que nos dio la información.

—¿Quién es Gabriel? —preguntó Raúl.

Rosa Elena le hizo un ademán a Raulito para que la dejara a ella dar la explicación.

—Gabriel es el amigo imaginario de tu padre.

—Mi papá tiene un amigo imaginario, ja, ja, ja, eso sí, es una locura —respondió Raúl, divertido.

Rosa Elena hizo una pausa y se acercó a la enorme mesa de la sala de conferencia, se sirvió un vaso de agua, lo tomó lentamente y expresó.

—Recuerda que venimos del año 2000. Tu papá solamente tiene cinco años y hemos viajado al año 2050, para evitar que seas víctima de un engaño. Además, este pueblo no merece que su voluntad sea burlada.

Raúl piensa que está soñando. La problemática es de lo más complicada, pero él no pierde nada con escuchar a tan pintorescos visitantes.

—Esta es la lista de los adherentes fraudulentos —afirmó Rosa Elena.

La puerta se abre bruscamente. Una señora de aproximadamente setenta y ocho años entra. Rosa Elena la reconoce de inmediato.

—¡Querida Rosie!

Rosa María se apoya en la pared para no caerse. Esa señora es su tía Rosa Elena y el niño es Raulito su hermanito. Mira a Raúl, su sobrino, en busca de una explicación coherente. Raúl apunta.

—No me mires, ni me preguntes nada. Eres tú la que me tiene que decir si esta señora es Rosa Elena.

Rosa María mueve la cabeza en forma afirmativa. Raulito se acerca a Rosa María y le dice.

—Rosie, dile que yo soy su papá.

Rosa María suelta la carcajada. Se pone roja hasta el comienzo de los cabellos y expresa.

—Aunque te parezca una locura. ¡Este niño es tu padre!

Rosa Elena le explica a Rosa María el conato de fraude y le habla de Gabriel. Ella escucha atentamente y le pide todos los detalles. Rosa Elena le enseña la lista de los adherentes con número de cédula y lugar de residencia. Rosa María se sienta en la computadora y busca la información en las páginas del Tribunal Electoral. Cada una de las personas de esta lista, aparecían inscritas en otros partidos políticos. Raulito se apoya de la espalda de Raúl. Estaba cansado, pero no quería perderse nada.

Interrumpe el trabajo de Rosa María y Rosa Elena para preguntar.

—Raúl, ¿tienes hijos?

—Sí, tengo un niño, que se llama igual a nosotros, y una niña que se llama Aileen.

—¡Soy abuelo! —grita Raulito lleno de júbilo.

Rosa María y Rosa Elena se ríen por varios minutos. Raúl toma en sus brazos a Raulito, lo besa y le dice.

—¡Te pareces a tu nieto!

Rosa María hace un llamado al orden. Tienen poco tiempo para descubrir el fraude de Fernando. Continúan verificando la lista. Dos horas después ya habían examinado a más de tres mil personas. En el renglón vacío le habían puesto a qué partido pertenecían. Salieron de la oficina de Chitré rumbo a Panamá. Tenían que ir cuanto antes a hacer las denuncias al Tribunal Electoral. Rosa María llama por su teléfono a su hijo abogado para que los esperara en el aeropuerto. Rosa Elena escucha cuando Rosa María se dirige a su hijo.

—Gabriel, querido, quiero que nos esperes en el aeropuerto, llegamos en treinta minutos. A tu primo Raúl le tienen preparado un fraude. Tenemos todas las pruebas para que lo denuncies al Tribunal Electoral.

Cuando Rosa María termina de hablar con su hijo. Rosa Elena le pregunta.

—¿Tu hijo se llama Gabriel? ¿Por qué le pusiste ese nombre?

—Sí, se llama Gabriel. Ese nombre se lo buscó mi hermano Raulito.

Rosa María se voltea en dirección a donde se encontraba Raulito y le dice.

—¿No es así?

—Así es —responde Raulito.

Raúl escuchaba la conversación en silencio y mueve las cejas en señal de resignación, no había tiempo para explicaciones. Llegaron al aeropuerto a la hora indicada. Cuando bajaban del avión, Rosa Elena observó a Rosa María conversando. Se acerca y le pregunta.

—¿Con quién hablas?

—Con Gabriel (el ángel) él me está dando los pormenores de las futuras acciones. ¡Tía, ahora es que esto se pone bueno!

El helicóptero aterriza en el aeropuerto y sus ocupantes bajan apresuradamente. En la oficina de la terminal aérea los espera un hombre alto, rubio y bien parecido. Rosa Elena observa cómo Raulito se adelanta y le pregunta.

—¿Eres Gabriel? Yo soy tu tío Raulito, el hijo de tu abuelo.

Gabriel le sonríe y afirma.

—Tú no puedes ser mi tío. Eres un niño.

Rosa María se acerca a su hijo y rápidamente lo pone al tanto de lo acontecido. Gabriel no comprende, pero le llama poderosamente la atención el asunto del fraude. Examina detenidamente la lista que le entrega su madre y acota.

—No hay tiempo que perder. El presidente del Tribunal Electoral es mi amigo y nos está esperando.

Gabriel, el hijo de Rosa María, se acerca a Rosa Elena, la abraza y le dice.

—Mi madre siempre me habla de ti. Fuiste un gran apoyo para ella. Todavía tiene guardada la vieja pintura que te hicieron cuando eras joven.

Rosa Elena lo besa y le cuenta que su nombre fue escogido por el hermano menor de su madre, en honor al amigo imaginario que en estos momentos nos está ayudando. Gabriel mira a Raúl en busca de una explicación. Raúl le deja caer pesadamente la mano en el hombro y le expresa.

—Te aconsejo que te rindas a la evidencia y que no trates de racionalizar lo que parece absurdo, si lo haces, te sentirías frustrado. No hay tiempo que perder. Tu madre dice que todo saldrá bien y tenemos que confiar en que así será.

Terminada la conversación el grupo se dirige al Tribunal Electoral. Al llegar a las oficinas del tribunal, Rosa María pudo divisar desde lejos a Fernando con un grupo de hombres. Grita fuera de sí.

—Viene Fernando y es mejor que no nos vea. Puede sospechar que lo hemos descubierto.

Raúl toma el control del penoso asunto y afirma.

—No tenemos por qué escondernos. Si lo hacemos levantaríamos más sospechas, actuemos con naturalidad.

Rosa Elena expresa que está de acuerdo con Raúl y deciden comportarse con normalidad. Fernando no repara en ellos. Él está ocupado preparando el fraude. Al llegar a la recepción, una de las secretarias reconoce a Raúl y les informa a sus compañeras que el señor es candidato a las primarias del partido más importante de la oposición. Después de las presentaciones, ella hace que los visitantes pasen a la oficina del presidente del Tribunal. Mientras abre la puerta, le pregunta a Raulito.

—Te quieres quedar conmigo, te puedo buscar algún juguete de mi hijo.

—No, yo tengo que entrar, soy parte importante del asunto a tratar —responde Raulito.

La señora hace una señal de admiración y afirma.

—¡Entonces pase usted señor, no es mi intención entorpecer su participación!

Gabriel le presenta a Miguel, el presidente del Tribunal Electoral, y Rosa María le da las explicaciones sobre el fraude planeado por el otro candidato. Miguel verifica personalmente varios de los adherentes de la lista y coinciden con la información de que estas personas ya están inscritas en otros partidos. Después de una larga discusión, acuerdan que no harán nada hasta que el fraude se haya consumado. Los denunciantes se retiran y prometen no adelantarse a los acontecimientos.

Llegó el día de la elección primaria y todos se sentían nerviosos. El único tranquilo era Raulito. Jugaba con Gabriel. En una oficina improvisada que tenía Raúl para resolver los últimos problemas que se pudieran presentar antes de las elecciones. La puerta de la oficina se abre abruptamente, entra Rosa María, roja de la indignación.

—La escolta de Fernando, ese hombre con apariencia de «gorila», está amedrentando a los electores.

Rosa Elena salta de la silla, se acerca a su sobrina y le dice.

—Vamos a resolver eso de inmediato. A los monstruos se les extermina en la cuna. Nos encargaremos de él —volteándose en dirección a Raulito afirma.

—Raulito y Gabriel, ustedes serán de gran ayuda.

Raulito y su amigo imaginario siguen a Rosa María y Rosa Elena. A una cuadra de distancia encuentran al forajido. Rosa Elena se le acerca y lo amenaza.

—Si vuelves a intimidar a otro de los electores, te las verás conmigo.

—¿Quién diablo eres tú, vieja bruja?

—No preguntes quién soy. ¡Preocúpate de qué puedo hacerte!

El hombre comenzó a reírse descontroladamente. Rosa Elena gritó.

—Gabriel, dale su merecido.

Una fuerte brisa sopla, el mastodonte se tambalea y cae. Ninguna de las personas que están a su alrededor comprenden lo que está pasando. A excepción de Rosa Elena, Rosa María y Raulito. El hombre a duras penas se incorpora y vocifera.

—Maldita vieja, ¿cómo lo hiciste?

El facineroso es sacudido por un fuerte golpe en el mentón y vuelve a caer. Sus compañeros huyen presa del pánico y el angustiado hombre en voz baja asevera.

—¡Esto es brujería, no me cabe la menor duda! Perdóneme, señora, le aseguro que no amenazaré a nadie más.

Raulito se acerca al infortunado hombre y le propina una patada en la espinilla y le dice.

—Esta va por mi cuenta.

Rosa Elena se acerca a Raulito y lo toma por un brazo y le indica.

—Ya es suficiente. El señor ha comprendido su error y ha prometido no volverlo a hacer.

Raúl se acerca corriendo y les explica a Rosa Elena y a Rosa María que las necesita en la oficina. Raulito se aproxima y le dice.

—Hijo, ¿por qué estás tan alterado?

Raúl lo toma en brazos y corre con él hacia la oficina. Rosa Elena y Rosa María lo siguen. Al llegar a la oficina, Rosa Elena se percata de la enorme confusión que había. Una señora como de ochenta y dos años hablaba apresuradamente de una tentativa de fraude. La voz le parece conocida a Rosa Elena. La señora se voltea y mira a los recién llegados. Su mirada se fija en Rosa Elena. Raulito la reconoce y grita.

—Mami, mamá, soy Raulito.

En ese momento Rosa Elena la reconoce. Es Aileen su cuñada. La señora se levanta pesadamente y no por el peso de los años, sino por la impresión. La voz casi no le sale y pregunta.

—¿Qué sucede? ¿Por qué razón este niño, me llama Mami?

Las lágrimas empañan su visión, se quita los lentes para limpiarlos. Se los vuelve a colocar y en ese momento reconoce a Rosa Elena. Ella se acerca y le pide que se calme, que hay una explicación.

—No temas cuñada, no te estás volviendo loca. Hemos venido del pasado para ayudar a tu nieto. Hemos hecho un viaje desde el año 2000 para ayudar a resolver tan delicado problema.

Aileen sin comprender, tiene que reconocer que este niño es igual a su hijo cuando tenía cinco años. Se acerca a él y lo abraza. Raulito la besa varias veces y le dice.

—¡Qué viejita estás, pero estás bonita!

Al escuchar las palabras del niño, Aileen elimina todas sus dudas. Ese es su hijo. Se sientan en un sillón que está al fondo de la oficina y conversan por varios minutos. La puerta se abre y entra una señora bellamente vestida. Sonríe y enseguida Rosa Elena la reconoce. María Elena, la otra hermana de Raulito. Avanza a su encuentro y cuando está cerca le manifiesta.

—¡Qué no te vaya a dar un infarto, pero soy tu tía Rosa Elena!

María Elena no parece asombrarse, la abraza y le contesta.

—De ti nada me sorprende, serías capaz de viajar del más allá para ayudarnos. No me da miedo, pues siempre has intervenido en nuestras vidas para demostrarnos lo mucho que nos quieres.

María Elena le anuncia que las elecciones acaban de empezar y que al centro de votación de la escuela La Salle han llegado varios autobuses con personas desconocidas al sector y agrega.

—Esa gente no pertenece a nuestro partido.

Raúl le explica el intento de fraude y todos salen rumbo al centro de votaciones donde llegan los primeros protagonistas de la trampa. Al llegar al recinto, ellos observan que en los estacionamientos, detrás de los autobuses que transportan a los electores, se encuentra la camioneta de Fernando. Rosa Elena reconoce al forajido que ellos sorprendieron amenazando a los electores, se aproxima y le grita.

—¿No recibiste suficiente?

El malhechor reacciona de inmediato y le dice a su jefe que esa es la bruja que lo atacó con una fuerza invisible. Fernando comienza a reírse como un desquiciado. Aileen interviene y asevera.

—¡Cuñada, demuéstrales tus poderes!

En ese momento Gabriel interviene sin esperar el pedido de Rosa Elena o Raulito, le proporciona un fuerte golpe en el estómago a Fernando. El magullado individuo se va de bruces al piso y trata de levantarse sin conseguirlo. La escolta lo ayuda a incorporarse. A duras penas lo logra.

Rosa María escucha a Gabriel, su hijo, llamarla desde lejos. Apresuradamente, ella se acerca y llama a Rosa Elena y a Raulito.

—Vengan, tenemos que ir a la mesa número 1712. No hay tiempo que perder.

Llegan jadeando por la carrera. En el aula de clase del centro de votación había una fuerte discusión. El representante de Raúl discutía acaloradamente con el presidente de la mesa. Uno de los adherentes ilegítimos trata de depositar su voto. No aparece su nombre en la lista, sin embargo, el presidente de la mesa quería agregarlo al final de la misma. El representante del Tribunal Electoral se levanta de la silla y afirma.

—No voy a permitir ninguna anomalía. Soy funcionario público y solo puedo hacer lo que la ley me faculta y la ley electoral expresa claramente que exclusivamente podrán votar las personas inscritas que estén en las listas.

En el umbral de la puerta está Fernando. Pálido del disgusto, levantó la voz para que todos los presentes pudieran escucharlo e indicó.

—Estas personas están inscritas en el partido. No veo por qué razón se les impide ejercer su derecho al voto.

La discusión continúa en términos cada vez más violentos. Rosa Elena intervino y les explicó que esas personas estaban inscritas en otro partido y no habían renunciado previamente.

—No te metas vieja estúpida —vociferó Fernando.

Rosa Elena conserva la calma. Si se disgusta y le contesta en los mismos términos, no resuelve nada. Lo importante era demostrar que ellos tenían la razón y las pruebas necesarias para desenmascarar a ese delincuente. Se aproximó y le entregó el listado al representante del Tribunal Electoral. El funcionario revisó cuidadosamente las pruebas presentadas por Rosa Elena y acotó.

—No hay nada más que discutir. Estas personas no pueden votar y si insisten los mandaré a apresar por delito electoral.

Las personas que antes discutían se retiraron cabizbajos y en silencio. Fernando, enfurecido, repetía una y otra vez.

—Esta vieja bruja me ha desgraciado la vida.

Rosa Elena no se tomó el trabajo de mirarlo, se acercó a su sobrina y le dijo.

—Vamos de mesa en mesa, nuestra misión no ha terminado.

Pasadas unas horas todo está bajo control, se había podido evitar el fraude y procedían a contar los votos. A las once y treinta de la noche se revelaron los resultados preliminares. Raúl ganaba por una diferencia de 14 500 votos. El fraude que pretendía introducir Fernando era de 18 000 votos. Eso significaba que, sin la intervención de Raulito, Gabriel y Rosa Elena, Fernando hubiera ganado las elecciones primarias del partido. Dos horas después se dieron los resultados finales. Raúl ganó por una diferencia de 15 440 votos.

Ganar estas elecciones primarias le aseguraba a Raúl la presidencia de la república, porque él pertenecía al partido más fuerte en oposición.

Raúl sonreía de felicidad en su regazo descansaba su padre. Raulito le pedía que cuando fuera presidente no se olvidara de los pobres.

—Ellos son los que más necesitan de un buen presidente. Procura que los niños no se vean obligados a pedir limosna en las calles. Trata de que sus papás tengan un buen trabajo para que no pasen hambre, necesidades y sobre todo que los niños puedan ir a la escuela para que cuando estén grandes consigan trabajo.

Raúl le promete a Raulito ocuparse de los sectores marginados.

—Te sentirás orgulloso de tu hijo. Trabajaré sin descanso por eliminar las grandes injusticias sociales en las que se encuentra inmerso nuestro país. Sé que es una tarea titánica, no obstante, trabajaré en esa dirección.

Rosa Elena, Rosa María, Aileen y María Elena conversan sobre los proyectos de ayuda social. Raúl y Raulito se unen al grupo. En ese momento una mujer joven y distinguida entra a la oficina del centro de Raúl. Viene acompañada por dos niños. Raulito salta de la silla y pregunta.

—¿Son estos mis nietos?

La bella mujer comienza a reírse y escucha sorprendida cuando su esposo contesta.

—Sí, papá.

Rosa María y Aileen divertidas lanzan estrepitosas carcajadas. Rosa Elena se acerca a la esposa de Raúl y le explica la insólita actitud. Ella no comprende, sin embargo, está tan contenta por el triunfo de su esposo que pasa por alto las locuras que acaba de escuchar.

Rosa Elena y Raulito se despiden. Es imperativo regresar, de todas las misiones esta es la que más tiempo les ha tomado. Además, recuerdan que en pocos momentos comenzará la fiesta de cumpleaños de Raulito y no pueden faltar. Como todas las despedidas hubo risa, abrazos, besos y llanto. Finalmente, se retiraron llenos de satisfacción. Habían concluido felizmente su cometido. Se encaminaron en dirección indeterminada. Rosa María les hizo una señal con la mano para que se detuvieran. Se acercó y descubrió la presencia de Gabriel. El niño rubio de ojos grises se acercó a la anciana y le comentó.

—A pesar de la edad sigues siendo una mujer bella.

Rosa María lo abrazó y besó varias veces. A lo lejos, Aileen contemplaba la escena y pudo observar a Rosa María dando besos al aire. «Es mejor que no pregunte», pensó Aileen, se acercó al grupo y volvió a besar a Raulito y le recomendó portarse bien y hacerle caso a su tía Rosa Elena.

Aileen y Rosa María vieron cómo los visitantes desaparecían sin dejar rastro. Rosa Elena, Gabriel y Raulito llegan directamente a la habitación de este último. Rosa Elena contempla la habitación, la decoración no era la de la recámara de un niño de cinco años. Era una decoración de contrastes. En la parte del fondo había un mueble con juguetes y peluches y en la pared figuras decorativas de Mickie. En la otra pared, cerca de la puerta, había dos fotografías. Una de Noelia, una cantante venezolana que con puño y letra le había escrito: para mi amiguito Raulito de Noelia. La otra fotografía era de Sandra Sandoval, la cantante típica más cotizada en Panamá, la dedicatoria decía: con todo mi amor para Raulito. Cerca de la cama, en la pared, estaba colgado un galardón que había ganado, Furia, el caballo de Raulito, en una Feria Nacional.

Rosa Elena sale de la habitación de Raulito, se asoma y pudo observar que la casa parecía sola. Rosa María está bellamente arreglada. Vestía una amplia falda roja y una blusa de encajes negros, zapatos de tacón alto y un collar pegado al cuello. Rosa Elena le pregunta.

—¿Dónde es la fiesta?

—No recuerdas que hoy es la fiesta de cumpleaños

de Raulito. Pensé que te habías arreglado con esmero porque recordabas la fiesta.

Rosa Elena no contesta. Entra en la habitación y le pide a Raulito que llame a su nana, para que lo vista que en pocos minutos tiene que irse a la fiesta. Raulito llama a su nana, ella lo atiende con esmero desde los dos años de edad, se quieren mutuamente, había entre ellos un sentimiento de adhesión que los unía mucho. Doris lo viste sin hacer preguntas. Al poco tiempo todos están listos para la fiesta. Rosa Elena observa divertida cómo su sobrino se aleja en dirección al guardarropa y le ofrece a Gabriel un conjunto nuevo y bonito. Cuando todos salen en dirección al salón donde se efectuará la fiesta, Rosa Elena se percata que Gabriel está elegantemente vestido.

La fiesta de cumpleaños de Raulito fue divertida, varios payasos animaban la celebración. El niño estaba feliz y en varias ocasiones Rosa Elena tuvo que llamarle la atención porque hablaba con Gabriel y para los demás daba la impresión de hablar solo. Esa fiesta tenía como invitada a Sandra Sandoval. Ella y su hermano Samy tenían uno de los conjuntos típicos más prestigiosos de Panamá. Habían alcanzado el éxito desde adolescentes y lograron rescatar el interés de los jóvenes hacia el folclore. Para Rosa Elena ese era el verdadero triunfo de los hermanos. Sandra se acerca a saludar a Raulito. Ella es una mujer de piel canela, cabellos castaños, vivaces ojos negros y cuerpo escultural. Además, de tener un atractivo original. Raulito, entusiasmado, se olvida de los presentes, le grita a Gabriel.

—Gabriel, ¡ella es Sandra el amor de mi vida!

—¿Quién es Gabriel? ¿Dónde está que no lo veo? —responde Sandra.

Rosa Elena le explica a Sandra que Gabriel es el amigo imaginario de Raulito y que en ocasiones conversa con él como si estuviera presente. Sandra sonríe y comenta que esas son cosas de chiquillos. Aileen manifestó que se sentía preocupada porque su hijo desde hace varios meses tenía un comportamiento diferente. Rosa Elena no quiso agregar ni una sola palabra más. Ella sabía lo que acontecía, sin embargo, no se atrevía a comentárselo a su cuñada. No había llegado la ocasión y además, ella estaba segura de que de un momento a otro Gabriel se iba a despedir de Raulito. Rosa Elena recordó que Elsie le había informado que los niños. a partir de los seis años, dejan de estar en contacto con su amigo imaginario.

Rosa Elena había percibido cierta tristeza en el semblante de Gabriel. Esa actitud le indicaba que la hora de partir se acercaba. De repente sintió el roce de una mano sobre su hombro, se dio vuelta y no vio a nadie. Escuchó la voz de Gabriel que le decía: necesito hablar contigo.

Rosa Elena se encaminó hacia la salida de la sala de fiesta. Se paró frente a los estacionamientos, como el que espera a alguien que está por llegar. En ese instante Gabriel se acercó, triste y desolado, Rosa Elena lo abrazó. Permanecieron unidos, luego él se separó.

—Memi, te quiero mucho, casi tanto como te quiere Raulito.

Rosa Elena lo atrajo hacia sí y lo besó en ambas mejillas.

—El sentimiento es mutuo, mi amor. En un principio sentí miedo y aprensión. No sabía cómo manejar la situación, pero al poco tiempo conquistaste mi corazón. Con tu magia despertaste la niña que se esconde en mi interior. Sí, mi querido amigo, fuiste capaz de hacerme experimentar esas emociones que de niños sentimos y de adultos reprimimos. Lograste que renaciera con la inocencia propia de los niños y con ello recuperé la felicidad. Esa niña tomó las riendas de mi vida y por primera vez en mucho tiempo me he sentido realizada. Pude recuperar el optimismo, el entusiasmo; y lo más importante entender que la mejor de las magias es la magia del amor, sentido y compartido.

Rosa Elena hizo una pausa. La emoción que la embargaba le había secado la garganta. Se alejó en busca de una bebida y regresó enseguida y continuó.

—Querido Gabriel, jamás perderé contacto con la niña que llevo dentro, porque sería como perder contacto con la propia vida. Ahora más que nunca comprendo las palabras de Jesús cuando dijo que para entrar en el reino de los cielos se requería volver a ser niños. A medida que crecemos perdemos una serie de valores que son los que nos hacen auténticos, espontáneos, afectuosos y sinceros.

Rosa Elena guardó silencio, tenía el rostro bañado en lágrimas. Gabriel se acercó.

—Querida tía, desde que te conocí me sentí tu sobrino, nunca te voy a olvidar, pues a pesar de tus dudas confiaste en mí. Reconociste que donde hay amor está la magia y eso es algo que muchas personas ignoran. Tú fuiste la que tuvo la idea de convocarme y gracias a ti conocí a un niño maravilloso, lleno de amor, imaginación y talentos. Muchas personas no creen en los amigos imaginarios. No somos otra cosa que ángeles que Dios pone en el camino de los niños para que esa convivencia sea armoniosa, y nos da la apariencia de un niño de su misma edad.

Raulito interrumpe la conversación de Rosa Elena y Gabriel. Llega corriendo y dando saltos. Observa la tristeza de su tía y pregunta.

—¿Qué pasa, por qué esas caras?

Rosa Elena no contesta y se mantiene en silencio. Gabriel sale al paso y afirma.

—Raulito, hoy es el día de mi despedida. Estos meses que he estado a tu lado han sido de gran felicidad.

Raulito se aproxima y lo toma por un brazo, lo sacude varias veces y afectado por la emoción, señala.

—¡Tú no me puedes abandonar, no lo puedes hacer!

Gabriel abraza a su querido compañero.

—No tienes de qué preocuparte. Siempre podrás contar conmigo, solo tienes que llamarme y estaré a tu lado. Lo que debes tener presente es que ya no te haré compañía a diario. Ya eres un niño grande y no me necesitas.

—Sí, te necesito —afirmó Raulito llorando.

Rosa Elena intervino, le partía el alma ver a su amado sobrino llorando. Se arrodilló a su lado y le explicó.

—Querido, no te preocupes, Gabriel es un ángel que Dios te mandó para cuidarte, cada vez que necesites de su protección él estará a tu lado, recuerda que cuando lo invocamos, enseguida él vino a hacerte compañía. Además, no es bueno que Gabriel te vea triste y se tenga que ir con ese dolor en su corazón. Raulito sonrió y abrazando a Gabriel y a Rosa Elena aseveró.

—Tienes razón, Memi, no quiero que Gabriel se vaya triste. El tiempo que pasamos con él ha sido maravilloso. Me ha enseñado tantas cosas y nunca más me sentiré solo, porque su recuerdo me acompañará. ¿Verdad tía?

Rosa Elena se llevó las manos al pecho, sintió un gran alivio, el día que decidió hablarle a su sobrino sobre la compañía de un amigo imaginario pensó que era una buena idea. Días después creyó estar equivocada, sin embargo, el tiempo le había demostrado que los niños solitarios necesitan de la magia y el amor para enriquecer su vida, para aprender a compartir, para expresar sus sentimientos y convertirse en hombres y mujeres solidarios.

Los dos niños se unieron en un cálido abrazo. Gabriel elevó su mirada al cielo y en ese preciso momento desapareció. Rosa Elena observó a Raulito, una amplia sonrisa iluminaba su semblante y al mirar a su tía aseveró.

—Siempre me acompañará porque de ahora en adelante, él vivirá en mi corazón.

En ese preciso momento un carro se aproxima a una velocidad desmesurada. En el volante una mujer trata de controlar el vehículo sin conseguirlo. Raulito está de frente a Rosa Elena. Todo fue tan rápido que no le dio tiempo a ella a intervenir, el carro se abalanzó contra Raulito. Rosa Elena gritó presa del horror. Una figura se interpone entre el automóvil y Raulito e impide que lo atropellen. Rosa Elena a duras penas pudo moverse para acercarse a su sobrino y enseguida reconoció a Gabriel, el maravilloso niño sonriendo, afirmó.

Siempre contarás conmigo, Raulito —después de decir estas palabras, desapareció una vez más.

Rosa Elena abrió los brazos y Raulito la estrechó con fuerza, tenían la certeza que esa mágica aventura los uniría para siempre. Gabriel les había enseñado a descubrir ese encantamiento que hay dentro de los hechos cotidianos.

EPÍLOGO

Rosa Elena camina por el área cercana a su casa. Un automóvil se detiene. Es su entrañable amiga Elsie. Rosa Elena se acerca. El encuentro no es casual, Elsie conoce la rutina de su amiga y se pasea por el lugar con el propósito de encontrarla. Tenía varias semanas de intentar localizarla sin haberlo logrado. Elsie le pide que suba. Ella lo hace y Elsie pone el automóvil en marcha.

—¿Dónde quieres ir? —pregunta Elsie

—¿Qué te parece si vamos a una cafetería cercana?

Elsie no contesta y se dirige a la cafetería Manolo. Un sonido seco llama la atención de Rosa Elena. Mira hacia el asiento trasero y observa a Gabriel cómodamente sentado. Le sonríe, extiende la mano y le entrega un sobre. Rosa Elena lo abre y lo lee detenidamente:

Memi puedes contarle nuestra aventura a tu amiga. Te quiero mucho.

Gabriel.

Elsie se estaciona y pregunta.

—¿De dónde sacaste ese sobre?

—Me lo acaba de entregar el amigo imaginario de Raulito.

—¿Está con nosotras? —pregunta Elsie aterrada.

—Sí, está en el asiento trasero.

Elsie voltea y observa el asiento trasero de su carro. No pudo contenerse y al no ver absolutamente nada, en tono molesto, afirma.

—Rosa Elena, tienes que hacer un esfuerzo por controlar tu desbocada imaginación. Ese afán tuyo de ver fantasmas puede traerte graves problemas mentales.

Las dos amigas bajan del automóvil y se dirigen a la cafetería. Elsie quiso sentarse en una mesa para dos personas, pero Rosa Elena no lo permitió.

—No me digas que estás esperando al fantasma —afirmó Elsie.

—No hablemos del asunto. Nunca nos pondremos de acuerdo y es mejor evitar una discusión.

A Elsie le bastó una mirada para comprender que su amiga se sentía resentida por su actitud y quiso limar asperezas. Le explicó que el único interés que ella tenía era demostrarle que esas aventuras pueden ser nocivas, porque llegas a confundir la fantasía con la realidad. Rosa Elena cambió bruscamente de tema y le preguntó a Elsie por su trabajo. Conversaron varios minutos y comieron algo ligero. Cuando terminaron, Elsie pidió un capuchino. Rosa Elena miraba a lo lejos, siente un gran sobresalto y percibe la presencia de Gabriel. De inmediato lo ve sentado en la silla que estaba vacía. Elsie miraba distraídamente hacia la calle. Rosa Elena la toma por el brazo y le dice.

—Te presento a Gabriel, el amigo imaginario de Raulito.

Elsie sonríe y mira a su amiga que le señala la silla antes desocupada. Un grito de espanto escapa de la garganta de la psicóloga. Con estupor observa a un niño de seis años, de cabellos rubios y ojos grises, el cual con gran picardía le guiña el ojo. Elsie se levanta de la silla, da dos pasos, como si pretendiera huir. Rosa Elena la detiene, la sujeta por un brazo y le expresa.

—Querida, no te preocupes, Gabriel es encantador. Te aseguro que también será tu amigo.

Elsie se tira pesadamente en la silla. No puede articular palabra. Gabriel se acerca, le acaricia los cabellos y afirma.

—Tranquila tía Elsie, te contaré nuestras misteriosas travesías. Al principio no quise que te enteraras, pero pienso que ahora llegó el momento. No tengas miedo, cuando nuestras motivaciones están regidas por el amor, somos incapaces de hacer daño.

Gabriel hizo una pausa y se acercó a Rosa Elena, la tomó de la mano y continuó con un tono más familiar.

—Eres amiga de Memi y ella necesita comentar esta gran aventura y sus implicaciones. Tú eres la persona indicada.

Recuperada de la impresión, Elsie toma un sorbo de café y responde.

—Gracias, Gabriel, por confiar en mí. He sido escéptica y me ha costado trabajo aceptar que hay circunstancias que escapan a nuestra comprensión, no obstante, por primera vez en mi vida he sentido que la fe llena mis espacios vacíos. Siempre admiré a Rosa Elena por su espiritualidad y nunca consideré unirme a sus creencias, pero tengo que convencerme de que aún ocurren milagros. Tú, mi querido ángel, eres un prodigio.

Elsie reflexiona sobre su vida. Siempre en busca de pruebas que le demuestren una hipótesis. Había perdido esa fantasía que tuvo de pequeña. Ella había encarcelado a esa niña que moraba en su corazón, agobiada por la soledad y la tristeza; y ahora Gabriel la rescataba para que volviera a ser feliz y compartiera con ellos el mundo de la ilusión. La vida no es solamente el aspecto profesional, la vida es un conjunto de experiencias prácticas y maravillosas. Las ciencias le habían enseñado la seguridad de los hechos concretos, Gabriel le había mostrado esa fascinación que encontramos cuando somos capaces de percibir lo invisible y eso solamente podemos hacerlo cuando vemos con los ojos del amor.

Elsie tuvo que reconocer que Gabriel la había invitado a la reflexión para que restableciera la relación con su niña interior, que se encontraba herida con penas que subyacían en su subconsciente y que era necesario curar.

Tenía que vencer su resistencia al cambio, a trascender sus limitaciones y sanar su vida. Recobrar nuestro niño interno, rescatarlo es de por sí una manera de cambio y transformación que brinda salud, bienestar y alegría a nuestras vidas. Esto nos ayudará a comprender y a interactuar con los niños de una manera fantástica y efectiva. Gabriel, ese pequeño sabio, le había enseñado a mirar con los ojos del corazón y que era posible aprender a vivir y a trabajar desde sus fibras más íntimas, que es donde radica la fuente del amor incondicional.

Rosa Elena, Elsie y Gabriel unen sus manos y en ese preciso instante, Gabriel desaparece. Elsie abre los ojos y ya no puede ver al niño mágico. Levanta la mirada y pregunta a su amiga.

—¿Estoy soñando?

—No, no es un sueño.

Rosa Elena reflexiona, lo acontecido no es otra cosa que un desafío a nuestra capacidad de asombrarnos. Somos testigos de un milagro.

www.ingramcontent.com/pod-product-compliance
Lightning Source LLC
Chambersburg PA
CBHW050823180626
46814CB00004B/1435